Querverlag

Corinna Waffender

Laut gedacht

Roman

Für meine Mutter

Lektorat: Regina Nössler

Erste Auflage März 2008

Umschlag und grafische Realisierung von Sergio Vitale unter Verwendung einer Fotografie von Francesco Bittichesu (getty images).

Druck und Weiterverarbeitung: Fuldaer Verlagsanstalt GmbH & Co. KG
ISBN 978-3-89656-152-7
Printed in Germany

Bitte fordern Sie unser Gesamtverzeichnis an:
Querverlag GmbH, Akazienstraße 25, D-10823 Berlin
http://www.querverlag.de

*

Sie sollte die Fenster putzen, der Sturm der letzten Tage hat hässliche Spuren hinterlassen. Die Abdrücke schmutziger Wassertropfen trüben den Blick auf die bunten Blätter, auf die Jahreszeit, die sie von allen am liebsten mag. Hanna nimmt das Aufnahmegerät vom Tisch, räuspert sich und drückt den Knopf mit der winzigen Aufschrift *rec*. Sie wartet noch zwei Atemzüge lang. Dann beginnt sie zu sprechen, den Blick auf die allmählich kahl werdenden Bäume gerichtet, deren Äste bis zu ihr hinauf in den dritten Stock reichen.

„Sascha. Dein Name ist wie ein Versprechen. Er riecht nach langen Spaziergängen, nach feinem glatten Leder und geröstetem Kaffee hinter beschlagenen Scheiben. Ich weiß nicht, warum ich schon von Weitem hoffte, die Ampel würde rot bleiben, bis ich sie erreicht hätte. Weshalb ich bei dem Anblick deiner Silhouette im strömenden Regen das Bedürfnis hatte, schützend den Schirm über dich zu halten. Woher ich den Mut nahm, es auch wirklich zu tun. Du warst nur ein klein wenig erstaunt, du bist nicht erschrocken, es hat dich eher amüsiert, dass ich meinen Arm strecken musste, um das mit schwarzem Stoff straff bespannte Metallskelett über unseren Köpfen zu balancieren. Als die Ampel auf Grün schaltete, gingen wir zusammen über die Straße, du passtest dich dem Tempo meiner Schritte an, als hätten wir denselben Weg. Mir schien deine Jacke zu dünn für September, es war kühl an diesem allerersten Mittwoch, an dem eine neue Zeitrechnung begann. Schon bevor wir die andere Straßenseite erreichten, fürchtete ich den Augenblick, in dem sich unsere Wege wieder trennen würden, dabei kannte ich nicht mehr von dir als

den flüchtigen Duft deines Parfums und den Schwung deiner Arme beim Gehen. Wir blieben stehen. Ich deutete mit der freien Hand nach vorne und sagte dir, ich ginge weiter geradeaus. Ein kurzes Nicken und wir liefen schweigend nebeneinander her. Du hieltest dich am Riemen deiner Tasche fest und ich mich am Regenschirm, den ich erst ein paar Tage zuvor einfach mitgenommen hatte. Er hatte im Schirmständer einer Kantine gestanden und mich an Pan Tau erinnert. Der stumme Gentleman mit der Melone und dem Stockschirm, der durch eine streichende Bewegung über seine Hutkrempe zur kleinen Puppe werden konnte, hätte dort niemals gegessen. Weswegen es mir weniger schlimm vorkam, den Schirm zu stehlen. Ich stellte mir vor, dass der Besitzer schon lange tot und der Schirm über Jahre stehen geblieben wäre, denn wer will heute noch ein schweres Monster mit Holzgriff und umständlicher schwarzer Bespannung, robust und in keiner Hinsicht kleinzukriegen? Einen solchen Schirm steckt man nicht vorsichtshalber in die Tasche, man tritt damit einem Wolkenbruch selbstbewusst entgegen.
Ehrlich gesagt war ich an diesem Morgen nur vor die Tür gegangen, weil es schüttete und ich mein Diebesgut ausprobieren wollte. Als ich den Schirm aufspannte, erschrak ich über seine Spannweite, ich verlor mich darunter. Vielleicht kam ich deshalb auf die Idee, mich dir zu nähern. Doch es ist schöner zu glauben, das Schicksal hätte mich getrieben und mir nicht erlaubt, dich im Regen stehen zu lassen."

*

Bert hört die Klingel, den Schlüssel in der Wohnungstür, doch diesmal geht er ihr nicht entgegen. Er wartet in der Küche auf sie. Das Essen hält er im Backofen warm. Sie riecht den Bestechungsversuch schon im Flur: Rosenkohl im Römertopf.

Sie sitzen am Tisch. Die Lampe, denkt sie, hängt einfach zu tief, der Lichtkegel bestrahlt das Gemüse, als wollte er es röntgen. Der Messingrand kürzt Berts Kopf empfindlich. Sie stochern im Essen herum, verwüstetes Land auf unschuldigem Teller.

„Ich muss mit dir reden", sagt er.

Hanna nickt.

Dann bricht es aus ihm heraus und die Worte gruppieren sich um den elektrischen Heiligenschein wie Magnete.

„Du weist mich nur noch zurück. Wenn ich dich berühren will, weichst du aus, als wären meine Hände fremde Wesen. Weißt du, wie lange wir uns nicht mehr geküsst haben?"

Sie schüttelt den Kopf.

„Das kannst du auch nicht wissen, es ist schon zu lange her. Nichts existiert mehr zwischen uns. Du entziehst mir alles, was du mir jemals geschenkt hast."

„Geschenkt?", fragt sie und versucht, den Rand der Lampe auf die Höhe seiner Augen zu bringen.

„Ja, geschenkt. Du hast dich mir hingegeben, mich leidenschaftlich gewollt. Du hast gesagt, mit mir sei es etwas ganz Besonderes. Und plötzlich willst du es nicht mehr. Ohne Erklärung. Als ob du dich vor mir schützen müsstest."

Er beugt sich nach vorn und sein Haar glänzt im Licht.

„Du bist so anders."

„Ich bin immer anders."

Anders anders, denkt er.
Ja, denkt sie.
Sie lehnt sich zurück, legt die Hände links und rechts neben den Teller. Ihre Lider sind schwer und das Summen im Kopf wird lauter. Das alte Lied.
Er macht weiter. „Du kannst mir doch nicht einfach alles wieder wegnehmen und so tun, als wäre nichts geschehen."
„Ich nehme dir nichts weg. Du kannst alles behalten. Aber ich bin bankrott. Ich kann dir nicht einmal mehr was leihen."
„Du bist verrückt, Hanna."
Sie schließt die Augen. Sie könnte auf der Stelle einschlafen.
„Du sagst nichts mehr. Du verschwindest immer mehr. Was ist mit dir?"
„Ich bin", sagt sie und weiß nicht, was sie ist.
„Verliebt?" Er spuckt das Wort aus wie Gift.
Sie schweigt.
„Kenne ich ihn?"
Sie antwortet nicht.
„Ich kenne ihn also."
Sie steht langsam auf, schiebt mit den Kniekehlen den Stuhl zurück.
„Ich will nicht mehr", sagt sie unvermittelt.
Wie gerne würde er ihr eine Szene machen. Schnauben. Brüllen. Drohen. Aber er kann das nicht. Er will bloß zurück in ihre Arme. Zurück in die Furche zwischen ihren Brüsten, in die seine Nase, seine Stirn, seine Augen passen, als wäre sie nur für ihn gemacht. Zurück in die Nächte, an die sie sich nicht mehr erinnert. Er verliert sie an die Zeit. An ein Phantom, das kein Gesicht hat. Nur deshalb fragt er nach einem Namen.

Sie zögert. Er drängt.
„Sascha“, sagt sie schließlich und der Klang ihrer Stimme breitet sich unaufhaltsam zwischen ihnen aus, schiebt sich zwischen ihre beiden Körper und versperrt jeden Fluchtweg.
Einen Augenblick lang steht sein Mund unbeweglich offen. Dann schnappt er nach Luft wie ein Fisch auf dem Trockenen. Bevor seine Arme in dem kalten Brei aus Rosenkohl, Kartoffeln und Käse landen, hat sie ihre Jacke vom Stuhl genommen.
„Lass mich“, sagt Hanna, „einfach los“ und geht zur Tür.
Bert antwortet nicht. Er liegt im Essen und schluchzt.

*

Feierabend. Eigenartiges Wort. Als ob Menschen nach der Arbeit aus ihren Büros stürmten und Freudentänze aufführten. Von wegen. Dabei hatte auch Julia es früher nicht abwarten können, ihr Büro zu verlassen. Anders als ihre jüngeren Kollegen heute, die dem After-Work-Chill-out entgegenfiebern, um sich bei gelockerter Krawatte gegenseitig zu erzählen, wie wichtig sie sind.
Als Julia vor über zehn Jahren bei F&C angefangen hatte, war es der Gedanke an etwas anderes gewesen, der sie trotz der Papierberge, die sich auf ihrem Schreibtisch türmten, der vielen Telefonate, die sie führen, und der Meetings, an denen sie teilnehmen musste, wieder und wieder auf die Uhr blicken ließ, bis es endlich fünf war. Bis sie die gläserne Tür mit dem schwarzen länglichen Griff hinter sich schließen, den Aufzug nach unten nehmen konnte, im Spiegel noch einmal die Frisur überprüfte, um schon in der Eingangshalle nach ihr Ausschau zu halten. Wenngleich sie wusste, dass Sascha im Auto warten würde, eine Straße weiter. Während der Fahrt zu Julias Wohnung berührten sich nur ihre Hände, verrieten einander, dass sie mehr wollten, als nur mit den Fingern zu spielen. Doch erst, wenn Julia die Wohnungstür geöffnet und Sascha sie hinter sich geschlossen hatte, wurden sie zum Liebespaar.
Viertel vor sieben. Sascha hat sie schon eine Ewigkeit nicht mehr abgeholt, in einer halben Stunde beginnt der Yogakurs im Fitnesscenter um die Ecke und sie verspürt nicht die geringste Lust, sich vom Schreibtisch wegzubewegen. Die Etage ist menschenleer, niemand sitzt an einem Freitagabend um diese Zeit noch im Büro. Außer ihr, Julia Rückert, seit einigen Monaten in die Chefetage befördert, seit ein paar Tagen niedergeschlagen.

Das Telefon klingelt, sie schaltet den Anrufbeantworter ein, stellt den Apparat leise, lehnt sich zurück. Ihr Büro ist geschmackvoll eingerichtet: dunkelroter Teppichboden, braune Ledersessel, funktionale Aktenschränke, das Sideboard, auf dem immer frische Blumen stehen. Ihr großer Schreibtisch mit dem schwarzen Flachbildschirm und der ledernen Unterlage, auf der die ergonomisch geformte Maus liegt. Die Aussicht auf die Stadt ist nicht gerade mit der Manhattan Skyline zu vergleichen, aber die meisten ihrer Freunde und Bekannten würden sagen, sie habe es geschafft. Eben nicht in New York, aber immerhin in der Berliner Dependance.

Nur sie alleine weiß, dass das nicht stimmt. Sie kann gar nicht ankommen, denn sie hat den falschen Weg genommen. Kein Ziel, das sie erreicht, kann sie darüber hinwegtrösten, dass sie niemals aufgebrochen ist, um ihren Traumberuf zu ergreifen. Doch wenn sie die Augen zusammenkneift, kann sie sich vorstellen, der Rollschrank wäre eine Instrumentenablage, das Sideboard vielleicht eine Liege. Auf dem Schreibtisch könnten sich ebenso gut Befunde stapeln und sie wäre erschöpft nach einer anstrengenden, aber erfolgreich verlaufenen Operation am offenen Herzen. Eine gute Ärztin hätte sie werden können, da ist sie sicher. Dr. Julia Rückert hätte mit Blutwerten ebenso jongliert wie heute mit Aktienkursen, hätte mit derselben ruhigen Hand Menschenleben gerettet, mit der sie nun Unternehmen vor dem finanziellen Ruin bewahrt.

Ihre Abiturnoten waren gut genug, um Medizin zu studieren, doch sie war zu wenig mutig, sich ihrem Vater zu widersetzen. Sie sollte in seine Fußstapfen treten, einen Juristen oder Banker heiraten, damit das Familienunternehmen weitergeführt würde. Julia hätte nicht sagen können, weshalb, aber sie hatte schon als Teenager gespürt, dass aus seinen Plänen nichts werden würde. Obwohl sie versucht hatte, seine Kleine zu bleiben, als sie ihm schon über den Kopf wuchs. In den Jahren im Internat, während ihrer gemeinsamen Urlaubsreisen und auch dann noch, als sie schon erwachsen war.

Wo wäre ich wohl heute, überlegt sie und malt dabei große Fragezeichen auf einen weißen Notizblock, wenn ich wirklich Medizin studiert hätte?

Sie hätte sich viel früher mit ihrem Vater überworfen, aber möglicherweise würde sie noch mit ihm sprechen. Oder wieder. Sie hätte die Kleinstadt, in der sie bekannt war wie ein bunter Hund, bereits als Studentin verlassen, wäre vielleicht in ein anderes Land gezogen. Ärzte ohne Grenzen. Doch selbst wenn sie eines Tages in Berlin gelandet wäre, hätte sie niemals als knapp Dreißigjährige eine solche Anzeige aufgegeben: *Suche Frauen, für die Geld keine Männersache ist.*

Wenn sie mit achtzehn ihren Willen durchgesetzt hätte, wenn sie nun nicht als angesehene Finanzberaterin und Anlageprofi, sondern als Chirurgin in den regnerischen Abend hinausginge, wäre sie dann jemals Sascha begegnet?

*

„Ich weiß nicht, ob ich mir deine Stimme anders vorgestellt hatte. Ob ich unter dem Schirm, kurz vor Erreichen der Fußgängerzone, überhaupt an etwas anderes gedacht hatte, als ewig mit dir weiterzugehen. Dich plötzlich sprechen zu hören, war wie ein Blitz aus heiterem Himmel, deine Worte trafen mich unverhofft, deine Frage nach einem Café in der Nähe erschien mir wie eine unlösbare Aufgabe. Ich blieb stehen, du kamst einen Schritt zurück unter den Schirm und schon in diesem Moment hätte ich dich gern geküsst. Mein Arm schmerzte davon, den Schirm zu halten, ich wechselte die Seite und hoffte, es würde nicht aufhören zu regnen. Deine Unterlippe hatte sich ein wenig nach vorne geschoben, du wartetest auf eine Antwort und ich stotterte etwas von einem Bistro hier gleich um die Ecke und das Herz schlug mir bis zum Hals. Wenn du mich nach dem nächsten Bankautomaten gefragt hättest, ich wäre auch dorthin mit dir gelaufen. Du nahmst mir den Schirm aus der Hand, berührtest dabei leicht meinen Arm und ich wusste nicht, wohin mit ihm. Du haktest dich bei mir ein und von da an waren wir ein Paar, das an einem verregneten Mittwochmorgen durch die Stadt schlenderte.

Es ist zu früh für eine Mail. Normalerweise meldest du dich erst gegen elf. Du rufst mich nie an. Wenn du es doch einmal tätest, bekäme ich wohl einen Schreck, ich würde glauben, es wäre etwas passiert. Es gibt Dinge, die zwischen uns nicht geschehen. Telefonieren gehört dazu. Und trotzdem zucke ich jedes Mal zusammen, wenn es bei mir klingelt, hoffe, dass du es bist. Ich wüsste gern, wie deine Stimme durch den Hörer klingt. Ob sie sich genauso tief und weich unter die Haut schleicht wie unter dem Regenschirm. Manchmal bin ich versucht, deine Visitenkarte, die du mir nach dem Kaffeetrinken hingehalten hast, aus meinem Portemonnaie zu nehmen und die Nummer einzutippen. Zweimal habe ich das schon getan und nach dem dritten Freizeichen die Verbindung unterbrochen. Aus Angst, eine andere Stimme könnte sich melden, eine Wirklichkeit, der ich nicht gewachsen bin. Was weiß ich denn von dir?

Schon auf der engen Bank in dem völlig überfüllten Bistro hast du kaum etwas von dir erzählt. Hast mich nur angesehen, gelächelt und mich reden lassen. Mir öfter widersprochen als zugestimmt, als wolltest du mich am Reden halten, als machte es dir Spaß, mich zu provozieren. Deine Augen ruhten auf meinen Lippen und ich wagte nicht zu schweigen. Die anderen Gäste unterhielten sich laut und lachten, es war zu warm in dem stickigen Raum und du öffnetest einen Blusenknopf mehr. Der Schweiß sammelte sich zwischen meinen Brüsten und plötzlich hatte ich das dringende Bedürfnis, meine Hände zu waschen. Ich stand auf, ging auf den Durchgang zu, hinter dem ich die Toiletten vermutete, deinen Blick im Rücken, stechend und fordernd, froh, als ich eine Tür hinter mir schließen konnte. Im Spiegel sah ich eine fremde Frau. Sie hatte gerötete Wangen, fiebrige Augen und Hitzeflecken am Hals. Wenn ich gekonnt hätte, wäre ich durch ein Fenster geklettert und geflüchtet. Ich kenne viele meiner Gesichter. Mit und ohne Scheinwerfer, mit und ohne Make-up, vor und nach einer langen Nacht. Aber mir war nicht klar, dass ich auch so aussehen kann: ganz und gar ausgeliefert. Jede Schutzschicht schien von mir abgefallen, das, was mich aus dem Spiegel heraus anstarrte, war nichts als mein Ich, verwirrt und gefährlich offen.

Du hattest den Arm auf die Lehne der Bank gelegt und nahmst ihn nicht weg, als ich mich neben dich setzte. Ich drehte mich zu dir und fragte dich nach deinem Beruf. Ich hätte dich lieber nach dem Siegelring an deinem Finger gefragt. Hellblau, golden eingefasst. Es ist kein Ring, den man sich selbst kauft, und für ein Erbstück ist er zu modern. Jemand muss ihn dir geschenkt haben. Julia muss ihn dir geschenkt haben. Ich habe bis heute noch nicht gewagt, danach zu fragen. Auch nicht, wie oft sie bei dir ist, ob sie einen Schlüssel zu deiner Wohnung hat, ob du die Wochenenden mit ihr verbringst und ob du noch immer mit ihr schläfst. Jetzt, seitdem du es mit mir tust."

*

Herbert hasst, wie er heißt. Bert klingt schon besser. Das erinnert an Brecht. Oder an Ernie. Beides ist ihm lieber, als zu heißen wie sein Vater. Bert klingt nach freiwilliger Kürzung, nach entschlossener Kastration. Das mag er. Sascha mag er nicht. Das klingt nach Traumschiff und schwul. Er hat nichts gegen Schwule. Nur, wenn sie ihm die Freundin ausspannen. Einen Sascha nimmt er ebenso wenig ernst wie einen Herbert. Wahrscheinlich heißt Hannas Neuer in Wirklichkeit Siegfried und ist Dachdecker. Oder Samuel und kommt aus Wien. Nein, eher ist er Franzose oder Südländer. Einer der Musiker, mit denen sie auftritt oder die sie im Studio trifft, einer von denen, die von Club zu Club tingeln. Sascha. Vielleicht ein Akkordeonspieler. Das würde ihr gefallen. Chansonleidenschaft. Damit kann sie mehr anfangen als mit seinen tölpelhaften Versuchen, ihr zum Geburtstag ein Ständchen zu bringen. Er ist eben kein Künstler.
„Macht das eigentlich Spaß, fremden Leuten im Mund herumzustochern?"
Die Frage hört er immer, wenn er es schafft, jemanden länger als zehn Minuten für sich zu interessieren. Er weiß keine Antwort darauf. Er macht einfach, was er kann, und er kann, was er macht, weil er Zahnarzt ist. Die Alten legen ihm vertrauensvoll ihr Gebiss auf den Tisch und die Kinder haben keine Angst vor ihm.
Sascha klingt weich. Sascha klingt kein bisschen männlich. Er versucht, sich vorzustellen, an wen er Hanna verliert. Wie er heißt, wie alt er ist, ob er einen Bart hat oder mehr Haare auf dem Kopf als er selbst. Noch. Denn über kurz oder lang fallen sie auch einem Sascha aus. Man kann es vertuschen, nicht verhindern. Ausnahmen gibt es nicht.

Höchstens exzellente Haarteile, die peinlich sind, wenn die Nacktheit beginnt. Die er mit ihr entdeckte.
„Lass mich dich ausziehen", flüsterte sie.
Vor Hanna wusste er nichts von Frauen, die Männer verführen.
„Sieh mich an", sagte sie, während sie ihn hielt.
Bert schüttelt den Kopf, fährt sich durch die Haare. Wirft die Gedanken durcheinander, zerstückelt sie. Aus und vorbei. Sie will ihn nicht mehr, lässt ihn fallen.
Seine Augen sind geschwollen. Bert wird erst wieder zur Arbeit gehen, wenn ihm die Schwäche nicht mehr ins Gesicht geschrieben steht. Wenn der fremde Name aus seinem Kopf radiert ist und er aus diesem Albtraum aufwacht. Wenn er sich wieder im Griff hat. Er muss die Lücke verkraften, die Hannas Zahnbürste zwischen Deodorant und Rasierwasser hinterlässt, ein Krater wie in einem faulen Zahn, den er nach gründlichem Bohren sorgfältig wieder füllt. Abschleifen, polieren, ausspülen. Keine große Sache, solange er den Nerv nicht trifft. Dafür muss er sich einen Überblick verschaffen. Eine Röntgenaufnahme.
Am nächsten Morgen verschanzt er sich mit einer dicken Decke und einer Thermoskanne Tee auf einer Bank hinter der Brücke. Wahrscheinlich hält man ihn für einen Penner. Aber von hier kann er ungesehen die Eingangstür des Eckhauses schräg gegenüber beobachten. Es ist Sonntag und er ist sicher, dass Sascha über kurz oder lang aus dem Haus herauskommt oder hineingeht. Verliebte treffen sich immer sonntags. Prinzipiell.
Nebenan ist ein Café. Dort gibt es den besten Baumkuchen der Stadt. Ältere Damen mit braunen Handtaschen und beigefarbenen Sommermänteln trinken auf durchgesessenen Sofas entkoffeinierten Kaffee, junge Paare werden

sich später nach einem Spaziergang zum Aufwärmen Cappuccino bestellen. Er nicht. Er harrt aus.
Bert sieht hinauf zu Hannas Schlafzimmer. Die Vorhänge sind zurückgezogen, sie ist wach. Vielleicht liegt er neben ihr, in dem großen Bett, das sie doch am liebsten für sich alleine hat. Am Ende ist sie bei ihm und Bert macht sich hier doppelt lächerlich. Lässt sich gerade einen Espresso ans Bett bringen. Sie mag es, in fremden Wohnungen aufzuwachen. Sie liebt das Neue, langweilt sich schnell. Dreimal hat er ihretwegen seine Wohnung umgeräumt. In all der Zeit dachte er kein einziges Mal daran, dass es ein Ende haben könnte. Solange er ihren Atem neben sich hörte, gab es keinen Grund zur Beunruhigung.
„Ich will nicht, dass du mich brauchst", wehrte Hanna ab.
„Ich brauche dich, weil ich dich liebe."
Sie verzog das Gesicht, davon wollte sie nichts hören. Nichts von Gefühlen, nichts von Heirat, nichts von Kindern.
„Kinder sind grausam", sagte sie.
Von der U-Bahn kommt ein junger Mann mit blondierten Haaren die Straße herauf. Er hält umständlich einen Strauß Blumen, dessen Papier im leichten Wind auseinanderschlägt. Rote Rosen. Bert steht auf, damit er ihn besser beobachten kann: Ja, so sieht ein Sascha aus. Er trägt eine taillierte Jacke mit Pelzbesatz und eng anliegende Hosen, die seine jugendliche Figur betonen. Ein Gigolo. Der sich jetzt wie ein Teenager noch einmal durch die Haare fährt, bevor er auf die Klingel drückt und auf ein Wort aus der Gegensprechanlage wartet.
Bert sieht hinauf zu Hannas Wohnung und es dauert nicht lange, bis er sie hinter der Fensterscheibe erkennt. Sie wirft einen kurzen Blick hinunter auf die Straße und verschwin-

det wieder. Jetzt wird sie ihr Arbeitszimmer durchqueren, im Flur kurz vor dem Spiegel stehen bleiben und mit einer entschlossenen Handbewegung den Hörer neben der Tür abnehmen.
„Guten Morgen“, wird sie sagen oder einfach wortlos auf den Summer drücken, damit Sascha ungeschickt mit den Blumen in der Hand in den Hausflur stolpern kann.
Es gibt ihn also wirklich. Bert setzt sich wieder auf die Bank, wickelt sich in die Decke und vergräbt seinen Kopf in seinen aufgestützten Armen. Er versteht es nicht. Will es nicht verstehen. Wird hier sitzen bleiben und warten. Auf ein Wunder. Auf das Ordnungsamt. Auf Sascha.

*

Heute vor elf Jahren. Und Sascha hat es vergessen. Nicht zum ersten Mal. Aber zum ersten Mal erinnert Julia sie nicht daran. Deshalb werden sie abends nicht wie in den letzten Jahren an diesem Tag zu dem Inder spazieren, der längst nicht mehr so gut ist wie damals.
Sie hatte nie zuvor eine Anzeige aufgegeben. Und sie war verwundert, dass sich tatsächlich eine Frau darauf gemeldet hatte, eine Juristin, selbst noch nicht lange in der Stadt. Julia war stolz auf sich. Sie hatte gerade die ersten Schulungen zum Thema Selbstmanagement hinter sich: Eigeninitiative ergreifen, nicht durch langes Zögern Chancen verspielen. Sie hatte alles richtig gemacht, den ersten Schritt zum Netzwerken getan und doch war sie ungewöhnlich nervös vor dem ersten Treffen mit Sascha Helferich.
Hoffentlich, dachte sie, ist es keine komische Paragrafentussi, die ich am Ende nicht mehr loswerde. Wer weiß, was sie erwartet. Vielleicht ist sie ja nur halb so patent wie ihr Vorschlag, einen Tisch zu reservieren, um sich in dem Café leichter zu finden. Nicht annähernd so nett wie der erste Eindruck am Telefon.
Obwohl Julia eine Viertelstunde zu früh gekommen war, saß Sascha schon vor einer Tasse Tee und stand auf, um sie mit festem Händedruck zu begrüßen. Julia setzte sich ihr gegenüber und der Rest war denkbar einfach gewesen.
„Ich bin Rechtsanwältin mit Schwerpunkt Steuern und Finanzen. Oder besser gesagt, ich versuche es zu werden. Gar nicht so leicht in einer Männerdomäne."
Bei diesen Worten hatte Sascha, die in ihrem hellgrauen Hosenanzug, der weißen Bluse und den kurzen braunen Haaren genauso aussah, wie Julia sich eine Berliner

Rechtsanwältin vorgestellt hatte, so entwaffnend gelacht, dass es Julia leicht gefallen war, ohne Umschweife zuzugeben, dass sie selbst gerade erst am Anfang stand. Sie hatte hoch gepokert, als sie direkt nach der Dissertation die Stelle als Juniorberaterin angenommen hatte. Mit einunddreißig einige Jahre später als ihre Kollegen, dafür mit einem exzellenten Studienabschluss in der Tasche.
„Also eine kleine Streberin?“, fragte Sascha belustigt.
„Nicht wirklich. Ich wollte den Ernst des Lebens ein wenig hinausschieben. Also den, den mein Vater für mich vorgesehen hatte.“
„Und wie sollte der aussehen?“
„Das Familienunternehmen weiterführen. Versicherungen und Geldanlagen. Für Gutbetuchte oder florierende mittlere und große Unternehmen. Allein bei dem Gedanken, an demselben Schreibtisch zu sitzen wie mein Großvater, bekam ich Depressionen. Von Montag bis Freitag hinter dem Computer und am Telefon, am Wochenende vor dem Fernseher – grauenvoll!“
„Wie hast du dich gedrückt?“
Sie war einfach bei Nacht und Nebel verschwunden und hatte ihrem Vater die Entscheidung in einem Brief mitgeteilt. Darin hatte sie sich entschuldigt für ihren Rückzieher und ihre Feigheit, ihm nicht früher reinen Wein eingeschenkt zu haben. Dass sie ihren eigenen Weg gehen muss. Dass sie anders ist.
Seitdem hat sie nichts mehr von ihm gehört.
Als sie Sascha davon erzählte, waren gerade einmal sechs Monate vergangen und während sie ihren Vater und sein Lebenswerk beschrieb, stieg ihr die Hitze in den Kopf, breitete sich ein vertrautes Gefühl in ihr aus: Schuld. Hals über Kopf war sie geflohen vor einem Lebensentwurf, in den sie nicht hineinpasste. Vor den Ansprüchen eines

in seinem Stolz gekränkten Mannes, der all seine Hoffnungen in die einzige Tochter gesetzt hatte, nachdem ihn seine Frau verlassen hatte. Der ihr jeden Wunsch von den Augen abgelesen, monatlich eine beachtliche Summe auf ihr Konto überwiesen und nicht geahnt hatte, dass sie hinter seinem Rücken eigennützige Pläne schmiedete. Ihn täuschte. Ihn hinterlistig und gemein betrog, solange sie noch auf sein Geld angewiesen war.

Julia schämte sich dafür. Ja, sie war berechnend gewesen, hatte nur an sich gedacht. Doch sie war unendlich erleichtert, entkommen zu sein. Wenngleich es sich immer noch anfühlte, als wäre sie auf der Flucht und könnte jeden Augenblick von der Polizei gefasst und wieder zurückgebracht werden. Auch deshalb wollte sie sich in Berlin vernetzen. Sich fest verankern.

„Und nun?", fragte Sascha, „was machst du jetzt so an den Wochenenden?"

Für keine der beiden war es Liebe auf den ersten Blick. Noch ahnten sie nicht, wie viele Samstage und Sonntage sie zusammen verbringen würden.

Julia sieht auf die Uhr. Sie ist spät, sie muss sich beeilen. Statt mit Sascha trifft sie sich mit einer befreundeten Psychologin. Sie muss das Gespräch mit Silke vorbereiten. Sachlich und vernünftig mit ihrer Halbschwester reden. Auch wenn sie ihr lieber die Meinung sagen würde. Doch das wäre genau das Falsche. Sie muss ihr Vertrauen gewinnen, konstruktiv nach einer Lösung suchen. Denn so kann es nicht weitergehen.

*

„In meinem Kopf schneit es. Zwischen Groß- und Kleinhirn herrscht eisiges Schweigen, es ist Winter auf dem Marktplatz gespielter Gefühle. Um mich herum: ein Klavier, eine Gitarre, ein Notenständer, ein Tisch mit Notizzetteln und Notenblättern, CDs, ein kleines Mischpult, Aufnahmegeräte. Ich frage mich, was du davon halten würdest. Von meinem kargen Zuhause, in dem mich selten jemand besucht. Zusammengebastelt aus dem, was andere nicht mehr wollten, oder Stücken, die in einem Möbelhaus verramscht wurden. Meine Schüler denken wahrscheinlich, diese vier Wände wären mein Studio und ich ginge abends in eine gemütliche Wohnung, in der eine Katze auf mich wartet. Doch abends wartet in dem zweiten Zimmer, das außer der Küche noch vom Flur abgeht, nur mein Bett auf mich. Kein kuscheliger Wohnraum, keine weichen Teppiche, keine Regale voller Bücher oder Kommoden mit Porzellan von meiner Großmutter. Mit ihr habe ich etwas anderes gemeinsam: Auch ich habe kein Badezimmer. Die Dusche ist in die ehemalige Speisekammer eingebaut. Man muss das warme Wasser zuerst ein wenig laufen lassen, damit es in dem kleinen gefliesten Viereck warm wird. Ob dir das etwas ausmacht? Oder dich in der Küche bei heruntergelassenem Rollo abzutrocknen? Ich würde die Heizung aufdrehen. Und dir meinen Bademantel geben. Aber du sagst, wenn du in meine Wohnung kommst, beginnt ein neues Jahrhundert. Hat denn nicht längst ein neues Zeitalter begonnen?
Seit ich dich kenne, trinke ich mehr Kaffee und rauche wieder. Um einen Hauch des Geschmacks zu erahnen, den deine Küsse hinterlassen. Nur daran kann ich denken. Nicht an meine Arbeit, nicht an die Notenabfolgen, die ich

einstudieren sollte, nicht an die Unterrichtsstunden, die ich noch vorbereiten muss. Ich sitze nicht am Schreibtisch oder an meinen Instrumenten, ich sitze untätig herum, laufe nervös durch die Wohnung. Kann mich nicht auf komplizierte Gitarrengriffe konzentrieren, bringe keine Harmonie zustande, meine Hände sind bei dir. Bei der Andeutung einer Berührung, wenn du dich im Hotelzimmer von mir verabschiedest. Bei dem Gefühl, wenig später verlassen in dem großen Bett mit der zerknitterten weißen Bettwäsche zu liegen, die Vorhänge zurückgezogen, ein gigantischer Himmel.

Das letzte Mal habe ich einen Satz auf einem der Briefbögen hinterlassen: *Dich denke ich nicht, dich träume ich mir.*

Habe mir vorgestellt, wie die Frau, die dort putzt und aufräumt, ihn liest. Wie sie das Papier aus der Ledermappe nimmt, zusammenfaltet und einsteckt, einen unbeschriebenen neuen Bogen an seine Stelle legt und die Worte später in ihrer Mittagspause noch einmal liest. Dabei an ihren Geliebten denkt. Oder an ihre Geliebte? Sehnsucht hat wie ich.

Wenn du mich hören könntest, würdest du wohl kritisch die Augenbrauen nach oben ziehen und gar nichts sagen. Denken, dass ich übertreibe. Du glaubst mir nicht, das fühle ich. Du glaubst bloß meiner Haut. Nur wenn wir nackt sind, vergisst du alle Zweifel und gehörst mir. Jedenfalls bilde ich mir das ein. Deine Hände suchen mich mit einer Verzweiflung, die fragt: Bist du wirklich wahr? Oft wissen sie nicht, wo sie mich zuerst berühren wollen, sind tollpatschig zärtlich, vor Aufregung fahrig. Werden erst ruhiger, wenn sie ihr Ziel erreicht haben, wenn sie in mir sind. Sie verlieren mich, wenn Worte zwischen uns kommen. Als ob die einzige Sprache, die wir verstünden, unser Begehren wäre."

*

Yves steht in der Tür und hält den Blumenstrauß so, dass Hanna sein Gesicht nicht sehen kann.
„Tut mir leid", sagt er durch die Stiele hindurch.
„Was genau?", fragt sie und nimmt ihm die Blumen ab.
„Was ich gestern im Studio gesagt habe."
„Wieso?"
„Ich hab es nicht so gemeint. Du bist keine ..."
„... abgetakelte Gitarristin?"
„Das auch nicht, nein."
„Es gab mir, ehrlich gesagt, zu denken", erwidert sie und bittet ihn herein.
Sie stellt die Blumen in eine Vase und bringt ihm eine Tasse Kaffee aus der Küche mit.
„Was passt dir nicht, der Song oder unsere Zusammenarbeit?", fragt sie im Stehen.
„Weder noch. Unsere Zusammenarbeit ist gut. Das Stück auch. Es ist zu gut."
„Zu gut für dich? Willst du mir schmeicheln?"
Yves nestelt an einer fast leeren Zigarettenpackung herum, kramt eine angeknickte Zigarette heraus und raucht.
Sie sieht ihn an und er tut ihr leid, wie er da zerknittert auf dem Stuhl sitzt und etwas gestehen will, das sie nichts angeht.
„Oliver hat mich verlassen."
„Wann?", fragt sie, weil ihr nichts Besseres einfällt.
„Vor einer Woche."
„Hattet ihr Krach?"
„Nein. Überhaupt nicht. Aber er war die ganzen letzten Wochen irgendwie komisch. Bedrückt."
„Hast du ihn nicht gefragt, was los ist?"

„Doch, natürlich. Ununterbrochen. Das hat ihn, glaube ich, auch genervt. Überhaupt“, Yves zieht fest an seiner Zigarette, „überhaupt habe ich ihn, glaube ich, total genervt. Mit meiner Musik. Oder einfach, wie ich bin, was weiß ich. Jedenfalls ist er sang- und klanglos abgehauen. Hat seine Sachen gepackt, mir einen Zettel auf den Tisch gelegt und das war's.“
Hanna weiß, dass sie ihn jetzt trösten müsste, aber etwas in ihr sträubt sich. Er kommt ihr zu nah. Sie kennen sich doch kaum, sind doch nur Arbeitskollegen. Unmöglich, ihn noch mehr zu fragen, ihn zu bedrängen. Außerdem kann sie ihm sowieso nicht helfen. Liebeskummer ist Privatsache, lässt sich nicht teilen.
„Und jetzt kannst du keine Liebeslieder mehr singen?“, fragt sie brüsk.
„Doch“, sagt Yves leise. „Aber keine, die so sind.“
„Die wie sind?“
„So wahr, so traurig, so schön ...“
Hanna schaut weg. Im Grunde ist sie froh, dass er den Song, der seinen Anfang mit einer schnell dahingeschriebenen Zeile im Hotel genommen hat, nicht will. Es ist keine Nummer für einen trendigen Popsänger im Aufwind, mit dem sie ein paar Stücke zusammen aufnehmen wird. Es ist ein viel zu persönlicher Text, ein Gedicht. Noch dazu das erste in ihrem Leben und wahrscheinlich auch das letzte.
„Mach dir keine Gedanken, es war nur so eine Idee“, sagt sie.
„Nein!“ Yves beugt sich nach vorn, dabei fällt ihm die Asche auf den Boden.
Sie sieht ihn verständnislos an.
„Ich will es machen. Mit dir zusammen. Nur dann ist es echt“, sagt er.

„Echt?"
„Ja", sagt er, „oder bist du etwa nicht verliebt?"
Hanna spürt, wie ihr die Hitze ins Gesicht steigt, schüttelt hastig den Kopf und tippt sich an die Stirn: „Spinner!"
Es gibt nicht mehr viel zu reden. Yves würde gern noch ein bisschen bleiben, weil er nicht weiß, wohin mit sich. Es ist der erste Sonntag seit drei Jahren ohne Oliver. Kein massiger, warmer Körper, der neben ihm kleine röchelnde Geräusche macht, keiner, der beim Aufwachen grummelt und nach Kaffee verlangt, keiner, der ihn mit geschlossenen Augen in die Arme nimmt und ihn darin verschwinden lässt. Kein Frühstück zu zweit, jeder über einem Teil der Tageszeitung versunken, die sie nur am Wochenende abonniert haben, um genau das zu tun. Kein stundenlang besetztes Badezimmer, kein Handygebimmel, weil seine Mutter es einfach nicht lassen kann, ihren Jüngsten sonntags vor dem Mittagessen anzurufen. Es ist still in der Wohnung, so still, dass er Angst bekommt und nicht nach Hause kann. Denn er weiß, dass Oliver nicht zurückgekommen sein wird, auch wenn er es sich noch so sehr wünscht. Etwas Schreckliches muss geschehen sein, etwas, das Oliver ihm nicht sagen will, und er zermartert sich den Kopf, was es sein könnte. Ob er schuld ist. Ob er ihn vergrault hat mit seinem Superego. Hätte er besser aufpassen können? Sollte er zu ihm fahren, ihn anrufen oder eine SMS schreiben, obwohl Oliver es ihm verboten hat? Immer wieder die Frage danach, warum er fort ist. Und ob er sich an den Gedanken jetzt schon gewöhnen muss.

*

Als Yves aus Hannas Haustür kommt, folgt ihm Bert unauffällig, soweit ihm das mit dem Rucksack, in dem er Decke und Thermoskanne verstaut hat, möglich ist. Er wartet mit ihm auf die S-Bahn, steigt an derselben Haltestelle aus, geht ein gutes Stück hinter ihm durch den Park zu einem der Sorte Cafés, die er alleine nie betreten würde. Immer hat er das Gefühl, nicht richtig angezogen zu sein für die Stadt, die ihm sonntags noch fremder vorkommt als unter der Woche. Er betritt das Café einige Minuten nach Yves, schaut sich suchend um. Glücklicherweise sind alle Tische besetzt.

„Entschuldigung, ist hier noch frei?"

„Natürlich, bitte", antwortet Yves und beeilt sich, seine Jacke vom Stuhl zu nehmen.

Sein Gegenüber liest in *El País*. Also ein Spanier. Oder Lateinamerikaner. Er starrt so lange auf die letzte Seite der aufgeschlagenen Zeitung, bis sie sich senkt und zwei blaue Augen ihn mustern. Bert errötet.

„Möchtest du ein Stück von der Zeitung?", fragt Yves hinter dem Blatt grinsend.

„Nein, danke", sagt Bert schnell. „Ich wollte nur ... ich dachte ... bist du Spanier?"

„Nein. Aber manchmal wäre ich es gern."

„Wieso?"

„Wegen der Potenz, der erotischen Ausstrahlung und einer Familie mit Ferienhaus am Meer."

„Das mit dem Ferienhaus ist ein Argument. Aber der Rest?"

Der Kellner bringt einen Cognac und sieht fragend von einem zum andern.

„Der ist für mich", sagt Yves.

„Das“, Bert deutet auf das Glas, „nehme ich auch.“
Ohne ein Wort verschwindet der Kellner in Richtung Tresen.
„Ich bin aus Wuppertal.“ Yves legt die Zeitung beiseite. „Und du?“
„Aus einem kleinen Dorf, dessen Ortsschild behauptet, es läge im Herzen von Rheinhessen.“
„Romantisch.“
„Piefig.“
„Und dann bist du nach Berlin geflohen?“
„Über Umwege.“
Bert erzählt und noch dazu die Wahrheit. Fatal. Er muss das Ruder wieder in die Hand nehmen. Die Richtung ändern.
„Und dich? Was hat dich aus Wuppertal vertrieben?“
Sie plaudern über die Stadt und die Leute, über Theater und Film, über Gott und die Welt. Abwechselnd bestellen sie Cognac für beide. Als Bert plötzlich alleine am Tisch sitzt, weil sein Gesprächspartner Zigaretten holt, fällt ihm wieder ein, weswegen er ihm gefolgt ist. Fast bedauert er es, Sascha auf so unkomplizierte Weise kennengelernt zu haben. Aber möglicherweise ist gerade das die richtige Taktik. Sich mit ihm anzufreunden, ohne dass er Verdacht schöpft. Vielleicht lässt sich das Problem unter Männern lösen.
„Wie heißt du eigentlich?“, fragt Bert, als Yves wiederkommt.
„Namen sind doch nur Schall und Rauch. Nenn mich, wie du willst“, antwortet Yves beschwingt.
„Sascha“, sagt Bert langsam, ohne ihn aus den Augen zu lassen, „wie wäre es mit Sascha?“
Yves runzelt die Stirn, überlegt kurz und antwortet: „Sascha ist hübsch. Das gefällt mir. Klingt französisch.“

Exzellenter Schauspieler, denkt Bert. Lässt sich nichts anmerken. Alle Achtung.
„Und du?“, fragt Yves zurück. „Heißt du Sven?“
„Woher weißt du das?“, erwidert Bert grinsend.
„Du siehst nach Schnee aus.“

*

Julia schließt die Tür auf und bleibt im Türrahmen stehen. Etwas ist anders als sonst. Sie stellt die Einkaufstüten draußen ab. In der Küche brennt Licht.
„Sascha?“
Stille.
Sie ruft noch einmal und geht, ohne die Wohnungstür hinter sich zu schließen, langsam durch den Flur.
„Sascha? Bist du da?“
Es ist nicht Saschas Art, unangemeldet in Julias Wohnung aufzutauchen, auch wenn sie seit Jahren einen Haustürschlüssel hat. Zwischen ihnen gibt es die Abmachung, nicht ohne Absprache hereinzuplatzen. Eine stille Übereinkunft, nachdem ausgesprochen war, wobei sie einander überraschen könnten.
Vorsichtig schaut Julia in alle Zimmer und schaltet die Lichter an. Im Bad liegt ein großes Handtuch, achtlos auf den Boden geworfen, auch das Bett sieht noch genauso aus, wie sie es am Morgen verlassen hat. Das Wohnzimmer ist aufgeräumt, nur auf dem Couchtisch steht ein leeres Weinglas vom Vorabend. Zögernd geht sie auf die Küche zu, schließlich erleichtert, als sie sieht, was sie erwartet. Auf dem Küchentisch liegt eine weiße Klappkarte.
Ich habe es nicht vergessen. Nur zu spät daran gedacht. Darf ich dich am Samstag indisch ausführen?
Daneben steht ein Strauß roter Rosen. Julia muss sie nicht zählen. Es sind elf.
Müde lässt sie sich auf einen der Küchenstühle fallen und betrachtet die lang aus der Vase ragenden, kerzengerade gewachsenen Blumen. Sie weiß bis heute nicht, wo Sascha sie kauft: Üppige, fast unverschämt volle Blüten, die beim bloßen Anblick zu bersten drohen. Kräftige Stiele mit

dunkelgrünen, an den Rändern gezackten Blättern, zwischen denen sich dunkle, spitze Dornen verstecken. Ein feiner Duft, der mit der Zeit intensiver wird und sich im ganzen Raum entfaltet. Betörend.

Julia schließt die Augen.

Sie hatten in einem indischen Restaurant zu Abend gegessen, liefen danach noch lange plaudernd am Kanal entlang zum S-Bahnhof, das letzte Stück schweigend, was ihr eigenartig vorgekommen war. Julia lehnte sich an ein Geländer, hinter dem eine ratternde Rolltreppe ins Leere fuhr. Sascha stand ihr zugewandt, ungewöhnlich nah. Aus dem Augenwinkel sah Julia die S-Bahn einfahren, bis Sascha noch einen halben Schritt auf sie zuging, ihr Gesicht in beide Hände nahm und sie zum Abschied auf den leicht geöffneten Mund küsste. Weich und ein wenig zu lang, um es als Spaß aufzufassen.

„Schlaf schön“, sagte sie dann und stieg, ohne sich noch einmal nach ihr umzudrehen, in die S-Bahn ein, ließ sie mit pochendem Herzen stehen.

Julia sah Sascha erstaunt nach und auch der Bahn, bis ihre Lichter im Dunkel verschwunden waren. Auf dem Nachhauseweg machte sie einen Umweg, vorbei an hell erleuchteten Schaufenstern, in denen ein Dekorateur sich gerade an seine Arbeit machte. Vor einer abdekorierten Auslage blieb Julia stehen und musterte eine nackte Schaufensterpuppe. Frauen. Sie hatte sich immer schon zu Frauen hingezogen gefühlt und nie gewagt, es auszuprobieren. War nie weiter gegangen, als sich manchmal vorzustellen, in den Armen einer Fremden zu erwachen. Heimliche Träume ohne Aussicht auf Erfüllung. Jetzt ließ sie die Augen an den modellierten Rundungen der Puppe entlanggleiten und der tote Körper wurde vor ihren Augen lebendig. Saschas schmale Finger, die ein Weinglas umschlossen,

ihre dunkle Stimme, wenn sie laut auflachte, ihre leuchtenden Augen, wenn sie in ein Gespräch vertieft waren. Ihr Mund auf ihren Lippen. Und diese rasende Lust, es wieder zu tun.
Es ist so lange her, doch Julia kann sich beim Anblick der Rosen in ihrer Küche genau daran erinnern, wie sie zum ersten Mal überwältigt und zugleich mit tiefer innerer Befriedigung begriff, dass sie in eine Frau verliebt war.

*

„Du willst mit mir übernachten, aber du willst dich nicht mit mir zeigen. Dabei müsste ich doch diejenige sein, die Angst davor haben könnte, mit dir gesehen zu werden. Aber mir ist egal, was die Leute denken.

Wenn ich auf dich warte, stelle ich mir vor, wie es sein wird, wenn du kommst. Was du anhast, wie du riechst, ob du den Ring trägst oder nicht. Ich kann keine Regelmäßigkeit feststellen. Ob es damit zusammenhängt, von wo du kommst oder wohin du danach gehst. Ob du sie später noch triffst. Du sagst, du siehst sie nicht mehr so oft. So oft, wie du den Ring trägst? Du streifst ihn ab, wenn wir uns umarmen. Wie deine Uhr, die du in die Hosentasche gleiten lässt, bevor du deine Schuhe ausziehst. Ich mag dieses Ritual. Ich mag es, dass du mich umarmst, bevor du meine Haut berührst. Es gibt mir das Gefühl, dass du mich meinst.

Manchmal bade ich, wenn du noch nicht da bist. Creme mich lange ein, betrachte meinen Körper in dem großen Spiegel und versuche herauszufinden, was du an mir schön findest. Es kostet mich Überwindung, mir standzuhalten, meinen Bauch nicht einzuziehen, die Altersspuren der Haut zu übersehen, die Figur einer Frau, die bald vier Jahrzehnte hinter sich hat.

Bert wollte mich auf ein Wochenende in ein Wellness-Hotel einladen. Schicken alle Männer ihre Freundinnen kurz vor dem Verfallsdatum auf die Schönheitsfarm? Ich habe dir erzählt, dass ich ihn nicht mehr liebe. Das war indiskret. Und nicht die ganze Wahrheit. Denn geliebt habe ich ihn nie. Ich mag ihn, vielleicht wie einen Bruder. Von dem ich hoffte, dass er mich beschützt und der mich störte, wenn er sich in mein Leben einmischen wollte. Als ich ihn kennenlernte, atmete ich auf. Bert stellte keine Bedingungen, forderte keine Aufmerksamkeit, er liebte, was er in mir sah. Er war charmant und außer sich vor Glück, als ich ihn auf dem Zahnarztstuhl verführte. Die Brille schief gerückt, die Haare zerzaust, ein großer Junge, der fassungslos auf die Brüste einer Frau starrt. So habe ich ihn am liebsten in Erinnerung, auch wenn es mich immer beunruhigt hat, die große Liebe für ihn zu sein. Seine ausufernden Gefühle haben mich erdrückt.

Und doch war er das Zuhause, das ich brauchte nach den langen Nächten in dunklen Jazzclubs, sein aufgeräumtes Wohnzimmer war meine rauchfreie Zone nach dem Gequalme in heruntergekommenen Bars oder einer langen Session im Studio. Sein gebügelter Kragen war mir Balsam nach den Schweißflecken in den verknitterten Hemden meiner Kollegen. Dafür habe ich ihm den Sex beigebracht, den ich in fremden Betten gelernt hatte. Wahrscheinlich bin ich das, was meine Mutter eine Schlampe nennt. Im Grunde meines Herzens kaputt und auf der Suche nach der heilen Welt.

Ich habe ihn schleichend verlassen, wie man Dinge vernachlässigt, an die man sich gewöhnt hat. Stück für Stück, unaufmerksam und grausam. Am Ende hat er um Zuwendung gebettelt wie ein Hund. Ich habe mich geschämt, ihn nicht mehr zu streicheln. Doch die Lust, ihn auszusperren, war größer als der Wunsch, ihn zu berühren. Seit er meinetwegen leidet, ekelt er mich an. Ich darf ihm nicht zu nahe kommen, ich halte den Geruch aus seinem Mund nicht mehr aus. Als ob er mir meine eigene Schlechtigkeit entgegenatmete.

Manchmal stelle ich mir vor, wie du eines Tages auf mich blicken wirst, wenn du mich nicht mehr begehrst. Denn dein loderndes Verlangen wird abkühlen. Wie die Hitze, mit der du mir Liebesschwüre ins Ohr flüsterst. Davor habe ich Angst. Vor dem Moment, in dem du mich so siehst, wie ich mich sehe, wenn ich auf dich warte. Vor dem Augenblick, in dem du dein Gesicht von mir abwendest, weil du meinen Atem nicht mehr erträgst. Was kann man gegen die Abnutzung der Leidenschaft tun? Sich ewig im Hotel treffen? Keinen Alltag teilen? Den Rest des Lebens als Einpersonenstück ohne Publikum inszenieren?“

*

Bert dreht den Bierdeckel, auf den er seine Nummer geschrieben hat, von einer auf die andere Seite. Hanna geht zu Hause nicht ans Telefon. Vielleicht sollte er sie bei ihm anrufen. Sie durch die Leitung in flagranti ertappen. Unsinn. Ertappen kann man nur die, die sich verstecken. Und der Einzige, der sich versteckt, ist er selbst. Hinter einem falschen Namen, vor einem gänzlich unbefangenen Gegenüber:
„Das war nett mit dir. Wenn du Lust hast, können wir das wiederholen. Ich bin öfter hier."
Bert bleibt zurück mit einer Leere, die er kaum aushält. Am liebsten würde er sofort Hanna alles erzählen. Er ist nicht geübt in Geheimnissen und wenn er eins hat, dann nur, um es mit ihr zu teilen.
„Ich war mit Sascha Kaffee trinken", würde er sagen und innerlich die Luft anhalten.
Doch sie will nicht mit ihm reden. Er hinterlässt keine Nachricht auf dem Anrufbeantworter, er will nicht, dass sich seine Stimme ungehört im weiten Raum verliert. Die Verhältnisse haben sich geändert. Selbst seine Wohnung kommt ihm größer vor als sonst. Alles scheint gewachsen: der Esstisch, die Badewanne, das Bett. Er dagegen ist geschrumpft. Zusammengesunken, in der Mitte eingeknickt, durchgebrochen. Im Kühlschrank liegen Reste von einem Einkauf, an den er sich nicht erinnern kann, ungespülte Tassen und Gläser türmen sich im Spülbecken, er schafft es nicht einmal, die Spülmaschine einzuräumen. Ordnung machen ist lächerlich in Anbetracht des Chaos, das in seinem Inneren herrscht. Was ihm auf der Seele liegt, lässt sich nicht wegfegen. Ein Jahrhundertputz wäre nötig, um den Dreck zu entfernen, die stechenden Par-

tikel zwischen Herz und Bauch, die fettige Schicht über verwahrlosten Gefühlen. Im Flur schaut ihn sein unrasiertes Gesicht aus dem Spiegel an. Es lässt ihn verwegen aussehen. Jünger, aber immer noch entschieden älter als Sascha. Mit dessen gepflegter Haut, dem dichten blonden Haar, den großen blauen Augen kann er es nicht aufnehmen. Außerdem müsste er abspecken. *Ganzkörperentgiftung* steht in dem Prospekt des Hotels, das er für Hanna ausgesucht hatte. Lange Spaziergänge am Strand, vegetarisches Essen, Sauna, Whirlpool, Massage, Naturkosmetik, eine Feng-Shui-Suite mit Dinkelkissen. Alles nur, um sie zurückzugewinnen. In einem unschuldigen Bett, frei von ihrer Abwehr und seinem verletzten Stolz. In einem geborgten Paradies, das seinen Preis hat.
„Kauf mich doch", forderte sie ihn eines Tages auf.
„Was kostest du?"
„Was bin ich dir wert?"
„Alles, was ich habe", antwortete Bert ohne Zögern.
„Das ist langweilig", gähnte sie, „das ist wie Vögeln mit einem Millionär."
Dann drehte sie sich auf die Seite und schlief ohne ihn ein.

*

Silke hat noch nie einen Hehl daraus gemacht, dass sie Julia nicht mag. Vielleicht ist das so, wenn man die Mutter mit einer teilen muss, die man nicht kennt und die noch dazu zehn Jahre älter ist. Und dann auch noch lesbisch. Oder was auch immer sie für ein Problem mit mir hat, denkt Julia, es ist mir egal. Hier geht es doch überhaupt nicht um uns, wie kann man in dem Alter nur noch so ichbezogen sein?

Seit zwei Tagen versucht sie, ihre Halbschwester auf dem Handy zu erreichen, aber Silke drückt sie einfach weg.

„Wahrscheinlich bearbeitet sie deine Mutter wegen der Patientenverfügung“, vermutet Sascha. „Sie braucht doch bloß die Vormundschaft, dann kann sie sie ins Heim abservieren.“

Ihre Mutter. Ausgerechnet. In einem Altenheim wird sie doch verrückt! Wirklich verrückt. Nicht, weil sie Gott und die Welt vergisst, sondern weil sie dann von Gott und der Welt vergessen wird. Hat sie dafür vor mehr als dreißig Jahren einen Schnitt in ihrem Leben gemacht, Mann und Kind verlassen, neu angefangen, in den wilden Siebzigern eine uneheliche Tochter großgezogen, damit sie nun von ihr zu ruhig gestellten Alten abgeschoben wird?

„Du hast es gerade nötig“, sagte Silke während einer ihrer Streitereien am Telefon. „Hast du deinen Vater vielleicht nicht hängen lassen, weil du dein eigenes Leben leben wolltest?“

„Das war, verdammt noch mal, etwas ganz anderes!“ Julia verlor für einen Moment die Beherrschung, legte ihren wunden Punkt offen. Seitdem ritt Silke darauf herum. Am liebsten würde Julia nie wieder mit ihr reden. Sie einfach ignorieren. Aber sie wird nach Köln fahren müssen. Auch wenn sie nicht sagen kann, was mit ihrer Mutter eigentlich werden soll.

„Ich weiß, was du über Pflegeheime denkst, aber was ist denn die Alternative?“, fragt Sascha, während sie nebeneinanderher joggen.

„Keine Ahnung.“

Den See umrundend, stellen sie sich das Szenario vor: Julias siebzigjährige Mutter, die noch Jahre in geistiger Verwirrung und körperlich gutem Zustand weinend auf dem Sofa sitzen könnte, weil sie die Worte in der Zeitung nicht mehr versteht, weil die Buchstaben vor ihren Augen keinen Sinn mehr ergeben, so wenig wie die Fotos, die sie betrachtet, und die sich fragt, wer die junge Frau mit dem weißen Schleier an der Seite eines gut aussehenden Mannes im schwarzen Anzug eigentlich ist und was sie zu tun hat mit der Frau, mit hennarot gefärbten langen Haaren, einer Nickelbrille auf der Nase und einem in bunte Tücher gewickelten Baby auf dem Arm. Ob es eine Verbindung gibt zwischen beiden und vielleicht zu ihr selbst. Wo soll diese schleichende menschliche Katastrophe passieren? In Julias Wohnung? Mit einer Pflegerin, die sie rund um die Uhr versorgt? Werden sie dann zu dritt sonntags nachmittags spazieren gehen, Julias Mutter zwischen sich nehmen?

„Mit mir kannst du jedenfalls rechnen“, sagt Sascha mit einem Seitenblick.

„Wie meinst du das?“

„Falls du sie herholen willst. Müsste ja nicht gleich bei dir wohnen. Wir könnten ja ein gutes Heim hier in der Nähe suchen, da könnten wir sie abwechselnd besuchen. Ist ja egal, wer dann kommt, sie wird dich sowieso nicht mehr lange erkennen und sich dann sicher freuen, wenn sich jemand außer den Pflegern mit ihr beschäftigt.“

„Das ist nett, dass du das sagst. Aber den Gedanken, nach einem halben Leben so gut wie ohne Mutter plötzlich eine um die Ecke zu haben, und wenn es nur am Wochenende wäre, finde ich ein wenig gruselig."
„Geht den meisten so. Ich meine, ich sehe meine Mutter ja auch höchstens zweimal im Jahr. Allerdings vermute ich, sie würde sich eher die Kugel geben, als irgendwann bei mir einzuziehen."
Sie laufen langsam, der Waldboden ist matschig, die Luft kühl. Samstags morgens sind kaum andere Jogger unterwegs. Später werden sie bei Julia duschen, frühstücken gehen und danach auf dem Markt einkaufen. Wie immer.
„Also ich wäre eine nette Vorzeigeschwiegertochter, bestimmt!"
„Und die Sache mit der Freiheit?", fragt Julia.
„Geschenkt!"
Auf der Anhöhe vor dem Parkplatz machen sie Dehnübungen. Julia schwingt ihr Bein auf eine Holzabsperrung und beugt sich nach vorn. Flexibel bleiben und frei. Das ist ihre und Saschas Maxime. Ist es an der Zeit, sie zu überprüfen, oder genau der richtige Zeitpunkt, damit weiterzumachen?

*

„Die Rezeptionistin kennt mich schon, sie arbeitet immer mittwochs. Sie ist es, die Woche für Woche dasselbe Zimmer reserviert, uns nicht nach unseren Ausweisen fragt und auch nicht, ob wir ein französisches Bett möchten. Sie ist ein Profi, sie lächelt diskret, aber nicht mitwisserisch. Wenn ich die große Eingangshalle betrete, suche ich unauffällig ihren Blick und es beruhigt mich, sie zu sehen. Eine Versicherung, dass alles in Ordnung ist. Jedes Mal, bevor ich dich treffe, bin ich aufgeregt. So nervös wie an jenem ersten Mittwoch.
Du hattest dort eine Konferenz, wolltest mich danach zum Essen einladen. Angebergeste, dachte ich, aber sie gefiel mir. Ich wäre niemals auf die Idee gekommen, es könnte noch einen anderen Grund für eine Verabredung in einem Hotel geben. Nicht einmal, als ich im Foyer auf dich wartete, kam es mir ungewöhnlich vor, sich mitten am Tag in einem Vier-Sterne-Hotel zu treffen. Sex nach dem Mittagessen lag fernab von meiner Vorstellung, nicht, weil ich es noch nie getan hätte, sondern weil ich einer Frau so viel Berechnung nicht zugetraut hatte. Nicht vor dem Aperitif, nicht nach dem Dessert, nicht einmal beim Kaffee. Erst als unsere Beine begannen, sich unter dem Tisch selbstständig zu machen, dachte ich: Ich will mit dir schlafen. Auf der Stelle. Und begriff, wo wir waren.
Hast du schon ein Zimmer reserviert?, fragte ich dich, mehr, weil ich mir lächerlich vorkam, es nicht früher bemerkt zu haben, als um dich zu ärgern. Nein, ich wollte auf dich warten, erwidertest du und ich hätte dich umarmen mögen für diese Antwort. Ich ging mit wackligen Beinen neben dir her zum Empfang und fragte mich, wie oft du das wohl tust, ob dich die Rezeptionistin schon

kennt und ob du ein festes Zimmer hast, das sie automatisch für dich bucht.
Heute weiß ich, dass du genauso unsicher warst wie ich. Ich stehe zum siebten Mal hier am Fenster und schaue hinunter auf die vierspurige Straße, auf der du wahrscheinlich angefahren kommst. Doch auch wenn ich vom achten Stockwerk aus die Fahrzeuge besser unterscheiden könnte, würde ich dich nicht erkennen, denn ich weiß überhaupt nicht, welches Auto du fährst.
Zum siebten Mal. Beim ersten Mal haben wir unschlüssig im Zimmer gestanden, unsere Jacken ausgezogen und nicht weitergewusst. Auch ich hatte nur bis zu diesem Moment gedacht. Doch dann war es ganz leicht gewesen. Unsere Hände nahmen sich einfach, wonach wir nicht gewagt hätten zu fragen. Für einen Augenblick dachte ich über Geschwindigkeiten nach, aber mir ging überhaupt nichts zu schnell. Ich wusste sofort, dass ich es wollte. Nichts sehnlicher, als mit den Fingern über deine entblößten Schultern zu fahren. Mit der Zunge über deinen Hals zu deinen Brustwarzen. Sie küssen. Eine Frau berühren. Dich berühren. Seit dem Augenblick, in dem meine Hände zum ersten Mal deinen Körper erkundeten, bin ich süchtig danach.
Wie jedes Mal bin ich viel zu früh. Kann es auch heute kaum abwarten. Dass du nach einem leisen Klopfen das Zimmer betrittst, die Tür hinter dir schließt, auf mich zukommst, mich umarmst und sagst: Endlich.“

*

„Hallo, Sascha“
„Grüß dich, Sven.“
Sie treffen sich in demselben Café. Bert hat einen Plan.
„Was machst du nächstes Wochenende?“
„Noch nichts, wieso?“
„Bist du sicher?“
„Ziemlich.“
„Hast du Lust auf ein Wellness-Wochenende?“
„Wie meinst du das?“
„Ich würde dich einladen.“
„Bist du Rockefeller?“
„Nein, aber ich muss dort arbeiten. Und da es meiner Spesenrechnung egal ist, ob sie für ein oder zwei Zimmer herhält, dachte ich, du könntest vielleicht mitkommen.“
Wenn es klappt, wird er die Suite zu einem stolzen Aufpreis in zwei Einzelzimmer umbuchen müssen.
„Was arbeitest du denn?“, fragt Yves erstaunt.
„Ich bin Reisejournalist. Ich teste Hotels.“
Yves pfeift durch die Zähne. „Solche Jobs gibt's wirklich?“
Bert ist stolz auf sich. Er hat sich alles genau ausgedacht. Die Idee ist genial. Wenn Hanna nicht mit ihm das Wochenende verbringen will, dann soll sie es auch nicht mit Sascha tun.
„Es ist an der Ostsee. Knappe drei Stunden von hier. Ich fahre Samstag früh los und komme Sonntagabend wieder.“
Yves weiß nicht, was er sagen soll. Die Vorstellung gefällt ihm, aber irgendwie geht ihm die Sache auch zu schnell.
„Wieso kommst du gerade auf mich?“
Bert errötet. Jetzt muss er hoch pokern.

„Einfach so. Ich mag es, nette Leute um mich herum zu haben. Außerdem habe ich Liebeskummer. Meine Freundin hat mich gerade verlassen. Ich möchte nicht so gern alleine sein."
Für einen Moment ist Yves enttäuscht. Das hätte er sich denken können. Sven braucht ihn als Seelentröster. Aber warum eigentlich nicht? Er hat nichts zu verlieren und ein Wochenende im Wellness-Hotel mit einem Hetero ist mit Sicherheit spannender als ein Samstagabend allein auf der Couch.
„Ich muss noch in meinem Kalender nachschauen, aber eigentlich spricht nichts dagegen."
Bert nickt. Wahrscheinlich wird er heute Abend mit Hanna reden und alles wird auffliegen. Sie wird wütend vor seiner Tür stehen, sagen: Was fällt dir ein, mir nachzuspionieren?, und er wird sie endgültig an diesen Jungen verlieren, der im Gegensatz zu ihm kein gottverdammtes graues Haar besitzt, dafür aber ein so unverschämt charmantes Lächeln, dass alle im Café mit ihm flirten. Überhaupt ist das Ganze völlig absurd. Was, wenn Sascha tatsächlich mitkommt? Wenn er beginnt, ihm in der Hotelbar nach dem dritten Cognac von Hanna zu erzählen? Wird Bert sich dann outen? Beginnen so wahre Kriminalgeschichten? Wird er Sascha im Affekt im Swimmingpool ertränken?
„Bist du sehr traurig?", fragt er, als Bert ihn in Gedanken gerade am Beckenrand reumütig Mund-zu-Mund-beatmet.
„Warum?"
„Wegen deiner Freundin."
„Ziemlich", sagt Bert.
„Hat sie dich verlassen?"
„Themenwechsel."

„In Ordnung", lächelt Yves und hebt sein Glas, „auf etwas anderes."
„Auf etwas anderes", erwidert Bert erleichtert und leert den Cognac in einem Zug.

Am Samstagmorgen holt er ihn ab. Der geliehene BMW rollt gemächlich aus der Stadt hinaus. Gar nicht übel, denkt Bert und versucht, im Autoradio einen vernünftigen Sender zu finden.
„Magst du Musik?"
„Ich singe."
Ein Sänger also. Wahrscheinlich einer, mit dem Hanna gelegentlich auftritt.
„Was singst du denn?"
„Leider keine Opern."
Sie fahren auf die Autobahn, ein Symphonieorchester spielt dazu Mozart. Der Tag hat keine Farbe.
„Suchst du etwas?", fragt Bert Yves, als er sich umständlich nach hinten dreht und seinen Rucksack öffnet.
Yves holt eine silberne Kanne und zwei Porzellantassen hervor.
„Kaffee?"
„Du hast Kaffee mitgebracht?"
„Klar. Wir machen doch einen Ausflug, oder?"
Für einen Augenblick fühlt Bert sich schlecht. Als ob er Sascha betrügen würde. Er setzt die Sonnenbrille auf, tarnt sich.
„Schlimmes Licht", sagt er mit einem Seitenblick.
„Schlimme Brille."
„Findest du? Die war teuer."
„Klar, ist ja auch eine *Ray Ban*. Aber das macht sie nicht schöner. Du brauchst was Moderneres."
„Und wieso genau?"

„Das Modell ist völlig out. Nur Oldies tragen es noch. Du solltest dir was mit Metall kaufen. Mattsilber. Das kommt besser."
„Ich bin ein Oldie."
„Du bist kein Oldie, du machst dich zum Oldie."
„Ach, und wie alt schätzt du mich?"
„Mit Sonnenbrille vierzig, ohne fünfunddreißig."
„Das sagst du nur, weil dir die Brille nicht gefällt."
Nach einer Weile kramt Yves in seinem Rucksack auf dem Rücksitz und fragt: „Hunger?"
„Nun sag nur, du hast auch Stullen gemacht?"
„Was denkst du denn? Mein kulinarischer Beitrag zur Autofahrt. Und sag nicht noch mal zu meinen italienischen Panini Stullen, sonst kannst du an der nächsten Raste halten."
Ist es das, was Hanna an Sascha gefällt? Noch einer, der Brote belegt und Thermoskannen aus dem Gepäck zaubert?
„Du bist mein erster Picknickmann", sagte Hanna, als sie im Sommer mit dem Fahrrad in der S-Bahn bis Potsdam fuhren und dann weiter durch die Felder zum See. Bert hatte an alles gedacht: Prosecco, Sektgläser, Korkenzieher, gebratenes Hühnchen, Kartoffelsalat, Ciabatta, Mousse au Chocolat, Silberlöffel, Stoffservietten, Tischtuch.
„Und das Wichtigste hast du auch dabei?", fragte Hanna, als sie ihn zu sich zog und ihm die Gürtelschnalle öffnete. Präservative wird er mir wohl keine anbieten, denkt Bert plötzlich sonderbar verstimmt und ist froh, als sie von der Autobahn abfahren. Die Hälfte der Strecke haben sie hinter sich.

*

„Was ist eigentlich das Wichtigste für dich im Leben?"
Julia war sicher, Saschas Antwort hätte etwas mit Liebe und Glück zu tun und dass auch sie, Julia, deshalb darin vorkäme. Sie hatten den lauen Sommerabend fast nackt auf dem uneinsehbaren Balkon von Saschas großzügiger Altbauwohnung verbracht. Nach einem faulen Tag zwischen drinnen und draußen in der Julisonne, kurz nach Saschas achtundzwanzigstem Geburtstag, bei kühlem Wein, Oliven, Zigaretten und Sex.
„Frei zu sein."
Da hatte noch keine von beiden samstags ins Büro gemusst. Julia blickt über ihre Schuhspitzen auf der Tischplatte zu den ordentlich aufgereihten Aktenordnern. Sie sieht die Frau, die sie damals gerade zu entdecken begann, deutlich vor sich: wie ihr die ungekämmten Haare in das urlaubsgebräunte Gesicht fallen, ihre Brüste sich unter dem dünnen Trägerhemd abzeichnen, wie sich die Muskeln an den Armen leicht auf und ab bewegen, wenn sie sich über den Tisch beugt und nach dem Feuerzeug greift. Der erste Körper einer Frau, den sie mit Küssen bedeckte. Der erste Mensch, den sie nicht fürchtete, wenn er sich im Dunkeln näherte. Und der ihr statt Liebe die Unabhängigkeit erklärte.
Mehr als enttäuscht war sie beeindruckt gewesen. Von der Radikalität, mit der Sascha sich Konventionen entgegenstellte.
„Frei zu sein, am liebsten neben dir", fügte sie schließlich noch hinzu und streichelte Julias Schultern.
Drei wunderbare Jahre. Keine gemeinsame Wohnung, keine Kontrolle, kein Versprechen. Kein: Wo warst du so lange? Kein: Wieso hast du so wenig Zeit für mich?

Sie gingen unbefangen in ihren Leben ein und aus und Julia dachte: Irgendwann wird sie vielleicht doch mit mir zusammenziehen wollen.
Dann kam Eva. Obwohl sie im Kopf darauf vorbereitet gewesen war, hatte Julia es nicht glauben können. Wie konnte Sascha immer noch behaupten, sie zu lieben, wenn sie statt mit ihr mit einer anderen Frau schlief?
„Genau deshalb tue ich es ja. Weil wir es kaum noch tun. Und du solltest es genauso machen. Oder willst du bis an dein Lebensende meinetwegen auf aufregenden Sex verzichten?"
Es klang vernünftig und gleichzeitig verrückt. Abends lag Julia wach und stellte sich vor, wie Sascha gerade Eva verführte, doch in solchen Momenten klingelte nicht selten das Telefon, Sascha fragte sie fröhlich, ob sie noch vorbeikommen solle, und schlief wenig später in ihrem Arm ein. Die Wärme zwischen ihnen hörte einfach nie auf.
Julia biegt eine Büroklammer auf und durchbohrt mit dem spitzen Ende eine ihrer Visitenkarten.
In den Phasen, in denen Sascha keine Geliebte hatte, kamen sie einander wieder näher. Als ob die Hitze fremder Körper auf sie überspringen würde. Doch bevor die Nacktheit zur Gewohnheit werden konnte, war Sabine oder Heike oder Monika aufgetaucht. Sie blieben nie lange. Denn Sascha blieb hartnäckig bei Julia.
Ob ich will oder nicht, denkt sie.
Als Julias Handy auf der Tischplatte vibriert, rührt sie sich nicht.
Freiheit. Und was ist mit der Verantwortung für die eigenen Sehnsüchte? Kann man überhaupt so tolerant sein oder verdrängt man bloß, wofür man sich schämt? Wohin verschwinden die Angst, die Eifersucht, die Wut? Oder verschwinden sie gar nicht? Ist die Großzügigkeit des

Herzens nur eine Seifenblase, die das Innere zensiert und das Ausgemusterte hermetisch einschließt? Spielt sich das Echte, das vielleicht Schmerzhafte, außerhalb ab und was geschieht, wenn die dünne Haut zerplatzt?
Das Handy hört nicht auf zu summen. Langsam nimmt Julia die Füße vom Schreibtisch, rollt so weit heran, dass sie auf das Display schauen kann: Es ist das dritte Mal an diesem Tag.
Sie nimmt den Anruf trotzdem entgegen, bevor die Mailbox anspringt: „Hallo, Mama."
„Silke?"
„Nein, ich bin nicht Silke. Ich bin Julia. Wir haben vorhin schon miteinander telefoniert."
„Julia? Aber ich wollte mit Silke sprechen, mit meiner Tochter."
„Ich bin auch deine Tochter, Mama, ich bin Julia."
„Sie? Nein. Sie sind nicht meine Tochter. Meine Tochter heißt Silke, das weiß ich genau."

*

„Als ich dich das letzte Mal im Hotel fragte, wann du gehen musst, hatte ich nicht damit gerechnet, dass du sagen würdest: Nach dem Frühstück. Ich hatte nicht im Traum daran gedacht, mit dir die Nacht zu verbringen.
Jetzt bin ich wieder allein. Wir haben bis zum letzten Moment im Bett gelegen und für einen Augenblick war es so, als würden wir nacheinander duschen, um zusammen zu gehen. Aber dann bist du schon angezogen aus dem Badezimmer gekommen und ich habe einen Stich in der Magengegend verspürt, den Schnitt, der das vorläufige Ende bedeutete.
Ich habe dich nicht gefragt, wohin du jetzt gehst. Ich bin einfach liegen geblieben, wie jedes Mal, bin diejenige, die später die Magnetkarte abgibt und das Zimmer für nächste Woche reserviert. Diejenige, die sich jedes Mal vor dem Kopfschütteln der Rezeptionistin fürchtet. Weißt du eigentlich, dass ich nie sicher bin, ob du wiederkommst? Auch wenn du mir noch so oft versicherst, dass ich deine Traumfrau sei. Vielleicht bin ich gerade deshalb so misstrauisch. Traumfrauen sind irreal; sie sind nur Wunschvorstellungen, Abbilder unerfüllter Sehnsüchte. Ich spüre, dass du mich willst, aber ich weiß nicht, welchen Preis du bereit bist, dafür zu zahlen. Wie sehr ich ein Traum bin, den du einmal die Woche träumst und zwischendurch virtuell abrufst. Ob ich bin, was Julia dir nicht ist, ob sie dir ist, was ich dir nicht bin, oder ob es stimmt, was du sagst: dass du ein Leben lang auf mich gewartet hast. Und jetzt, wo ich da bin, zögerst du und fürchtest dich vor meiner Wirklichkeit.
Ich könnte mir solche Geschichten ständig im Fernsehen anschauen. Denken: wie kann man sich nur auf solche

Verhältnisse einlassen? Sich zur Geliebten machen, die auf das Fingerschnippen eines verheirateten Mannes wartet, dankbar für jede kleine Aufmerksamkeit, die sich vertrösten lässt auf ein Irgendwann, von dem sie selber weiß, dass es niemals eintreten wird. Wieso dachte ich, es wäre mit einer Frau anders? Was unterscheidet mich von einer dieser Filmfiguren, die ihrer Rivalin hinterherspioniert?
Ich habe das auch getan und schäme mich dafür. Komme mir vollkommen lächerlich vor. Möchte es am liebsten ungeschehen machen. Vor allem aber würde ich gerne ihr Bild aus meinem Gedächtnis löschen, das nun für immer mit ihrem Namen verbunden ist.
Du hattest Julia als Finanzberaterin beschrieben, in einem Nebensatz das Unternehmen genannt und ich habe mir ihre Selbstdarstellung im Internet angesehen. Man kann durch das Foto hindurch riechen, dass ihr eleganter Hosenanzug vom Hauch eines feinen Parfums umgeben ist, ihr Name klingt so, als käme sie aus gutem Hause: Vor über vierzig Jahren waren Julias noch etwas Besonderes.
Weiß sie, dass du sie betrügst? Tut sie nur so, als ob sie nicht bemerkt hätte, wie sehr du mit deinen Gedanken in einer fremden Welt bist? Dass du beim Autofahren eine neue CD einlegst, dass du den Duft unserer Liebe mit dir herumträgst, den Sex mit mir nicht abschütteln kannst, weil er dich durchdringt, wie er mich durchdringt, weil wir einander die Lust von der Haut lecken, sie uns einverleiben, als hinge unser Leben davon ab? Was denkt Julia, wenn sie allein im Bett liegt, ein Haar von dir auf dem Kissen findet und den bitteren Geschmack von erloschenem Verlangen? Oder verlangst du noch nach ihr? Und warum will ich das wissen? Weshalb beschäftigt mich die Frau, die seit elf Jahren an deiner Seite ist, die

eine eigene Wohnung hat, weil du lieber alleine lebst? Betritt sie dein Zuhause mit einem Schlüssel und klingelt sie vorher, um ihr Eintreten anzukündigen? Treffen wir uns deshalb im Hotel?“

*

Sanft schlängelt sich der BMW durch ein Waldstück, als ihn plötzlich ein Sportwagen überholt, an Bert und Yves vorbeischießt und hinter der nächsten Kurve verschwindet.
„Der spinnt", sagt Bert.
„Wieso? Weil er zu schnell fährt oder weil sie bei dem Wetter das Verdeck offen haben?"
„Beides."
„Ich hab mal von einer Tänzerin aus den zwanziger Jahren gehört. Die hat sich beim Autofahren im offenen Coupé mit ihrem Seidenschal erdrosselt."
„Das ist bei denen wahrscheinlich nicht nötig", sagt Bert.
Dann hören sie den Knall. Es ist ein unwirkliches Geräusch von splitternden Scheiben und aufbrechendem Plastik, schrille Ankündigung einer Sekunden später auf sie wartenden Katastrophe: Auf der Straße liegt ein zusammengestauchtes Autowrack, ihnen seitwärts zugewandt und regungslos, als läge es schon immer dort. Ein Stück weiter weg klebt der Sportwagen an einem Baum, zusammengedrückt wie ein zertretener Schuhkarton ohne Deckel.
„Scheiße."
Bert funktioniert sofort. Bremst scharf ab, gerade so, dass sie rechtzeitig zum Stehen kommen, macht das Warnblinklicht an, greift blitzschnell zu seinem Handy, ruft einen Krankenwagen.
„Mindestens vier Schwerverletzte", sagt er ins Telefon und gibt die Koordinaten des Unfallorts durch. Dann deutet er auf den Kofferraum.
„Das Warndreieck, Sascha. Stell es hinter den Wagen. Und pass auf den Verkehr auf."
Er steigt aus und versucht, sich an das Semester mit der Notfallrettung zu erinnern. Läuft auf den Wagen zu, der

quer vor ihm steht. Die Fahrertür ist eingedrückt, zwischen Lenkrad und Fahrersitz hängt ein lebloser, blutüberströmter Körper. Wahrscheinlich tot, denkt er mechanisch, läuft herum zur Beifahrertür und reißt sie auf. Neben dem Fahrer, dem das Glas des Seitenfensters offenbar die Kehle durchgeschnitten hat, sitzt bewegungslos eine junge Frau mit weit aufgerissenen Augen.

„Können Sie mich hören?", fragt Bert.

Sie reagiert nicht.

Schock, denkt er. Sie muss aus dem Auto. Er beugt sich über sie, löst den Sicherheitsgurt, zieht vorsichtig an ihrem Arm, doch sie bewegt sich nicht. Beruhigen, erinnert er sich. Alles schönreden.

„Kommen Sie", sagt er. „Draußen ist alles gut. Das hier ist ein böser Traum. Ich helfe Ihnen heraus."

Sie dreht ein wenig den Kopf, ihr linker Arm hängt schlaff herunter. Gebrochen, registriert Bert. Das linke Bein ist auch in Mitleidenschaft gezogen, aber er muss sie hier wegschaffen.

„Was ist mit unserem Kind?", fragt sie und nun sieht er, dass sie schwanger ist.

Glück im Unglück, ein altes Auto, kein Airbag.

„Es ist gesund. Alles in Ordnung. Kommen Sie zu mir."

Sie nickt und vorsichtig zieht er sie aus dem Wrack, legt sie ein paar Meter weiter auf den Boden.

„Mein Kind", sagt sie, „unser Baby. Wo ist Michael?"

Michael, denkt Bert. Er heißt also Michael.

„Michael holt Hilfe, er kommt gleich zurück", sagt Bert, während er der Frau seine Jacke unter den Kopf schiebt, sie in die stabile Seitenlage bringt.

Als er hochschaut, sieht er Sascha. Kreidebleich.

„Pass auf. Du darfst jetzt alles, aber nicht umfallen. Du wirst gebraucht, ist das klar?"

Er wartet sein Nicken nicht ab.
„Bleib bei ihr. Erzähl was Schönes. Sing was. Gib ihr nichts zu trinken, auch wenn sie darum bittet. Lass niemanden an sie heran, bis ein Arzt kommt."
Bert drückt ihm im Vorbeigehen kurz den Arm, dann lässt er ihn mit der Verletzten allein.
„Michael", flüstert sie. „Da bist du ja."
Bert sieht aus dem Augenwinkel, wie jetzt Menschen aus den nachkommenden Autos aussteigen und sich der Unfallstelle nähern. Er ruft noch einmal die Notrufnummer an.
„Schicken Sie einen Hubschrauber. Es gibt eine schwangere Schwerverletzte. Ich bin Arzt."
Zahnarzt, denkt er, während er auf den Unfallwagen zugeht, der ihn vor wenigen Minuten überholt hat. Vier lachende Menschen auf dem Weg in das Unvorstellbare. Zwei von ihnen fehlen jetzt. Die Körper der anderen beiden hängen zwischen Motor und Baumstamm, einer davon kopflos, der andere unkenntlich. Bert dreht sich instinktiv weg. Vielleicht haben die beiden anderen überlebt, denkt er und kämpft gegen die Übelkeit. Plötzlich taucht ein Mann hinter den Büschen auf, der die Hände vor den Bauch hält.
„Was ist passiert? Wo sind die andern? O Gott, meine Beine ..."
Dann knickt er ein, fällt um, verliert das Bewusstsein. Von weit her hört Bert ein Martinshorn. Endlich, denkt er, dreht sich um, um den Sanitätern Bescheid zu geben, stolpert, blickt zurück. Es ist der vierte Insasse des Wagens. Der Körper liegt bäuchlings und Bert schafft es nicht, ihn herumzudrehen. Er richtet sich auf, hält Ausschau nach Sascha und sieht ihn noch immer neben der Frau knien. Sie reden.

„Ist unser Baby da?“, fragt sie.
Sie hält den Horror für Geburt.
„Ja“, sagt Yves und hält ihre Hand.
„Ist es ein Junge oder ein Mädchen?“
„Ein Junge.“ Er fügt einen Satz hinzu, den er in einer der Vorabendkrankenhausserien gehört haben muss: „Ein gesunder, strammer Junge.“
„Aber wir haben doch gar keinen Namen für einen Jungen“, flüstert sie fast unhörbar.
„Sascha“, sagt Yves ohne Zögern, „wir nennen ihn Sascha.“
Die Frau weint jetzt, zittert. Singen, denkt er. Ein Schlaflied. Doch er hat einen völligen Blackout. Sing, denkt er, verdammt noch mal, sing doch. Er öffnet den Mund, räuspert sich und aus seiner Kehle kommt rau das einzige Lied, an das er sich im Augenblick erinnert:
Der Mond tropft auf mein Herz, die Nacht sieht mich vorwurfsvoll an, Schlaf ist feige Flucht in Schwarz, ein Schaf rennt ungezählt am Kopf entlang, dich denk ich nicht, dich träum ich mir …
Er kann nicht sehen, ob die Frau die Augen geschlossen hat, seine eigenen sind voller Tränen. Die Zeit ist stehen geblieben und mitten in den verschwommenen Film schneiden die scharfen Stimmen der Rettungsmannschaft, die nun das Kommando übernimmt. Eine Hand zieht ihn sanft weg, legt ihm eine Decke um die Schultern, gibt ihm einen Becher Tee. Der Rettungshubschrauber hat Schwierigkeiten zu landen, für vier der sechs Unfallopfer kommt jede Hilfe zu spät. Nur einer der Insassen im Sportwagen hat überlebt.
„Sind alle da?“, fragt er, als man ihn auf die Bahre schnallt, und der Sanitäter nickt: „Ja, alle da.“
Yves sitzt in einem Krankenwagen. Sein Gesicht ist eingefallen, er wirkt, als hätte man ihn gerade aus dem Wasser

gezogen. Vorsichtig legt Bert den Arm um seine Schultern, zieht ihn an sich und streicht ihm beruhigend über den Kopf: „Das hast du gut gemacht. Das hast du wirklich gut gemacht."

*

Julia kommt Sascha zuvor. Sie stehen in Julias Küche, sie schneidet die Gladiolen an, die Sascha auf dem Markt gekauft hat, während sie im Büro das Liegengebliebene der letzten Woche durchgesehen hat.

„Wie heißt sie diesmal?“ Julia bemüht sich, so unbefangen wie möglich zu klingen.

Sascha, mit dem Rücken zu Julia, lächelt kaum merklich. Zögert. Dann dreht sie sich um, streicht das Papier, mit dem die Blumen eingeschlagen waren, glatt und antwortet: „Hanna.“

„Wo hast du sie kennengelernt?“

„Unter einem Regenschirm.“

Julia stutzt und schaut auf.

„Du wirst immer romantischer.“

„Ich bin ein romantischer Typ, schon vergessen?“ Sascha geht auf sie zu, umfasst von hinten den leicht nach vorn gebeugten Körper und legt ihren Kopf auf Julias Schulter. So stehen sie einen Moment unbeweglich: Julia mit dem Messer in der Hand, Sascha entwaffnend liebevoll.

Julia hat es gespürt, sie spürt es immer. Es fängt damit an, dass Sascha bessere Laune hat und ausgehen will. Plötzlich mehr Wert auf ihr Aussehen legt, attraktiver wirkt. Sexy. Sie kann es förmlich riechen, wenn Sascha verliebt ist. Und andere können es wahrscheinlich auch.

Julia windet sich vorsichtig aus der Umarmung, nimmt die Gladiolen aus der Spüle und stellt sie in die Vase.

„Nun mal raus mit der Sprache“, sagt sie mit einem zwinkernden Seitenblick, der sagen soll: Ich weiß doch, dass du kaum abwarten kannst, es mir zu erzählen.

„Was willst du denn wissen?“

„Natürlich alles: Alter, Beruf, Haarfarbe, Oberweite, Intelligenzquotienten und Risikofaktor."
„Risikofaktor?"
„Wie hoch die Wahrscheinlichkeit ist, dass du mich ihretwegen verlässt."
„Aber, Julia! Red keinen Unsinn. Das ist doch etwas ganz anderes." Und mit einem Grinsen: „Du kennst mich doch."
Als Sascha an diesem Samstag geht, weiß Julia, dass das ganz andere die Hotelbeziehung zu einer Musikerin ist, ein paar Jahre jünger als sie selbst. Eine, für die Sascha die erste Frau im Leben ist. Dafür hat Sascha eine Schwäche: die Erste zu sein. Sie hat von Hanna geschwärmt, wie sie von allen Menschen schwärmt, die sie noch nicht lange kennt, und jedes Mal hört es sich so an, als hätte sie ein neues Universum entdeckt. Diesmal scheint es die Welt einer mit mäßigem Erfolg beschiedenen Gitarristin zu sein, deren finanzielle Sorgen Sascha als bewundernswert einfachen Lebensstil interpretiert. Kreativität statt Konsum. Da wird Julia hellhörig. Sie kann nichts dafür, es ist ihr Beruf. Sie sieht alles und jeden zuerst einmal durch ein ökonomisches Raster. Die erste Analyse von Saschas neuer Flamme scheint auf Schwierigkeiten hinzudeuten. Das macht sie misstrauisch. Was will so eine von Sascha? Ihr Geld?
Seit acht Wochen, jeden Mittwoch. Deshalb ist Sascha nur an den Wochenenden bei ihr geblieben. Um genügend Abstand zu haben. Wenn alles gut geht, stehen Julia elf bis zwölf Monate bevor. Meistens hört es nach einem Jahr wieder auf. Weil Sascha sich langweilt oder weil die andere genug davon hat, an zweiter Stelle zu stehen. Aber wenn es diesmal nicht gut geht? Warum denkt sie das? Weil sie es jedes Mal am Anfang denkt. Immer die gleiche

erste Angst: Die andere könnte klüger, netter, zärtlicher, interessanter sein als sie selbst. Doch diesmal kommt noch etwas anderes hinzu. Etwas in Saschas Stimme, als sie ihren Namen sagt: Hanna. Ihr Gesichtsausdruck, als sie ihr erzählt, wie sie sich unter dem Schirm begegnet sind.

„Ich bin einfach mit ihr gegangen."

Sie hat dich einfach mitgenommen, denkt Julia und spürt eine leise Wut aufsteigen, die sie im nächsten Augenblick schon unterdrückt.

„Was machst du morgen?", fragt sie Sascha zum Abschied.

„Nichts Besonderes. Da du ja keine Zeit hast, weil du nach Köln fährst, werde ich mich wahrscheinlich tödlich langweilen, internetsüchtig werden, mich sinnlos betrinken und in meiner Verzweiflung vielleicht eine Runde spazieren gehen. Wie alle einsamen Herzen am Sonntag."

Julia umarmt sie und schließt lachend die Tür. Doch kaum ist sie allein, überfällt sie eine eigenartige Traurigkeit. Etwas an der Antwort war falsch. Als ob sie von der Wahrheit ablenken sollte. Aber weshalb sollte Sascha sie belügen?

*

„Ich könnte einen Unfall haben, du würdest es nicht einmal erfahren. Du würdest nicht ins Krankenhaus kommen, weil niemand auf die Idee käme, dich zu benachrichtigen, denn niemand weiß von dir. Dir ist das bestimmt recht. Was wolltest du auch mit einer Geliebten im Koma? Auf der Intensivstation? Noch eine Frau, um die du dich kümmern müsstest, die dir von ihren Problemen erzählt, für die du da sein müsstest. Noch ein Klotz am Bein deiner Freiheit, die dir so wichtig ist.
Mein Unterleib rebelliert. Es ist alle vier Wochen dasselbe. Ich halte es immer allein aus. Weshalb erwarte ich jetzt ausgerechnet von dir, dass du dich dafür interessieren könntest? War ich in diesen Dingen nicht selbstständig gewesen? Immer wollte ich dann allein sein. Was ist mit mir los, warum fühle ich mich plötzlich verlassen und wünsche mir nichts sehnlicher, als dass du dich um mich sorgst? Tee kochen, zudecken, da sein. Habe ich je etwas Ähnliches von Bert oder Christian oder einem anderen erwartet? Nein, im Gegenteil: In Ruhe lassen sollte man mich, bis alles vorüber war, bis ich mich wieder im Griff hatte.
Aber ich schreibe dir keine E-Mail, in der steht, du sollst zu mir kommen. Meine Sehnsucht nach deiner Sorge kommt mir kindisch vor, ich schäme mich, mir deine Schulter zum Anlehnen zu wünschen. Ist das nicht eigenartig? Ich habe mehr Angst davor, dass du mich wegen meiner Anhänglichkeit verlässt als wegen deiner Frau. Deine Frau. Ist sie deine Frau? Du sagst, sie ist deine Lebensabschnittsgefährtin. Das klingt weniger liebevoll, es hört sich eher so an, als hättet ihr eine Geschäftsverbindung. Elf Jahre heißt elf Mal Weihnachten, zweiundzwanzig Geburtstage, unzäh-

lige Urlaube und eine Vertrautheit, die dich wahrscheinlich schon Tee kochen lässt, bevor sie überhaupt Bauchschmerzen bekommt.
Ich habe mir als Teenager eine solche Beziehung gewünscht: Dass einer für mich da wäre, wenn ich ihn bräuchte. Mit der Zeit habe ich aufgehört, von Zweisamkeit zu träumen oder davon, dass jemand nach meiner Arbeit fragt. Sich ein Stück anhört, darin versinkt und sagt: Schön. Ohne Urteil, einfach nur, weil es von mir ist. Du hast das getan. Doch du hast mich nie gefragt, wie es mir geht, willst nicht wissen, was mich bewegt. Du fürchtest dich nicht, mit mir im selben Bett zu liegen, aber davor, im selben Boot zu sitzen. Du willst dich nicht für mich verantwortlich fühlen. Ich bin enttäuscht. Glaub mir: Viel lieber würde ich mich zurücklehnen und wäre froh, dass ich mich mit siebenunddreißig noch so verlieben kann wie mit zwanzig. Aber es ist nicht dasselbe. Mit siebenunddreißig verliebt man sich in einen fertigen Menschen und begreift sich selbst nicht mehr nur als Projekt. Ich habe keine Angst vor einer Beziehung mit dir. Ich habe Angst, dass ich nur eine Affäre für dich bin.
Ich will, dass du mehr von mir willst. Du sollst mich anrufen und mich fragen, wie es mir geht. An meiner Tür klingeln und einen Nachmittag bleiben. Du sollst Kuchen mitbringen, dich in meiner Küche zurechtfinden und warten, bis ich eingeschlafen bin. Wäre der Sex zwischen uns anders, wenn du wüsstest, wo meine Kaffeetassen stehen? Hängt deine Lust auf mich an der Distanz, die du zu mir hältst?
Morgen ist Sonntag. Sonntage sind Hasstage. Sonntage sind Beziehungstage und sie gehören Julia. Vielleicht bilde ich mir das auch nur ein und sie gehören dir allein. Jedenfalls gehören sie nicht mir. Vor dir waren Sonntage

Ausruhtage, an denen ich keine Musik machte, sondern hörte. Am liebsten mit dem Kopfhörer auf den Ohren, um die Nachbarn nicht zu stören. Das Gefühl, dass über und unter mir Familien an einem Tisch oder vor dem Fernseher saßen, beruhigte mich. Heute macht es mich krank. Denn ich bin allein, rastlos und rasend eifersüchtig."

*

Auf der Weiterfahrt reden sie nicht. Bert ruft im Hotel an, bittet um Diskretion, man erwartet sie am Hintereingang. Das Gepäck wird auf die Zimmer gebracht. Sie duschen, waschen sich fremdes Blut vom Körper. Rasieren sich ein zweites Mal an diesem Tag. Beseitigen die Spuren eines Zwischenfalls, der sich nicht einfach wegwischen lässt. Als sie sich an der Hotelbar wiedertreffen, haben sie neue Gesichter. Schutzlos, offen, verwundbar.

Bert bestellt zwei Cognac.

„Ich heiße nicht Sven", sagt Bert, „ich heiße Bert."

„Ich heiße Yves", sagt Yves.

Bert stutzt, fragt aber nicht nach.

„Ich muss dir noch etwas sagen."

„Dass du Arzt bist und kein Journalist?"

„Ich bin Zahnarzt."

„Dafür warst du Spitze. Ich meine, du warst supercool."

„Danke, du auch."

„Quatsch. Ich hätte ohne dich überhaupt nicht gewusst, was ich machen soll."

Bert hebt sein Glas und sagt: „Darauf, dass wir ein gutes Team sind."

Yves stößt an und lächelt vorsichtig. Er steht noch immer auf zittrigen Beinen. Bert kommt ihm vor wie der große Bruder, der einen Feigling lobt.

„Ich bin", sagt Bert und holt tief Luft, „ich bin der Ex von Hanna."

Er muss das sagen. Er kann nicht mehr lügen. Nicht nach diesem Nachmittag. Nicht nach all dem Blut und Sascha oder Yves, oder wie auch immer er heißt, an seiner Schulter.

„Hanna? Hanna Wegener?“, fragt Yves erstaunt und als Bert nickt: „Wieso erzählst du mir das erst jetzt?“
„Was glaubst du wohl?“
„Keine Ahnung. Woher weißt du überhaupt, dass ich Hanna kenne?“
„Sie hat es mir erzählt.“
„Sie hat von mir erzählt?“
„Nicht direkt.“
„Wahrscheinlich nichts Gutes“, sagt Yves. „Ich bin letztlich nicht besonders gut drauf.“
„Weder gut noch schlecht. Sie hat mir nur deinen Namen gesagt.“
„Und wieso nennst du mich dann Sascha? Gefällt dir Yves nicht?“
„Hanna sagt, du heißt Sascha.“
„Wie kommt sie denn darauf?“
„Keine Ahnung.“
Sie trinken beide einen Schluck Cognac.
„Liebst du sie?“, fragt Bert schließlich unvermittelt.
„Bist du verrückt?“
„Wieso? Findest du die Frage so ungewöhnlich?“
„Allerdings. Hanna und ich arbeiten zusammen. Wie kommst du darauf, dass ich sie liebe?“
„Hast du kein Verhältnis mit ihr?“
Allmählich versteht Yves.
„Moment mal. Hast du mich deshalb hierher eingeladen? Weil du dachtest, ich bin der neue Lover deiner Exfreundin?“
Bert nickt. Ihm ist zum Heulen. Er schwankt auf dem Barhocker wie ein zu klein geratenes Eckfähnchen, ein leichter Windstoß könnte es herunterwehen. Auf einen Schlag ist nichts mehr wichtig, alles verliert an Bedeutung. Ihm ist egal, mit wem Hanna schläft, sie ist aus seinem

Gefühlsradius verschwunden. Wären sie am Morgen zwei Minuten früher aufgebrochen, hätte er an einer Ampel ein wenig mehr Gas gegeben, um bei Dunkelorange weiterzufahren, läge er jetzt vielleicht in einem Kühlfach, Yves gleich neben ihm und niemand würde wissen, weswegen sie zusammen unterwegs gewesen waren.

„Hätte komisch ausgesehen, wenn es uns erwischt hätte. Man hätte dir ein schwules Wochenend-Verhältnis unterstellt und Hanna wäre aus dem Staunen nicht herausgekommen. Hätte gleich um zwei Männer in ihrem Leben trauern müssen."

Schwul. Bert schluckt. Deshalb die Telefonnummer auf dem Bierdeckel. Wie konnte er nur so blind sein?

„Enttäuscht?", fragt Yves.

Bert fährt sich mit der Hand über die Augen, schüttelt den Kopf: „Erschüttert."

Yves will etwas sagen, das die Schwere zwischen ihnen wegnimmt.

„Übrigens heiße ich gar nicht wirklich Yves. Es ist nur mein Künstlername. Ich heiße Thomas."

„Thomas? Das passt auch besser zu Wuppertal."

„Sehr witzig, dann kommst du wohl aus der Sesamstraße?"

„Nein, aber da gehöre ich vielleicht hin ..."

Yves lächelt.

„Weißt du was? Ich glaube, das Beste ist, wir spulen zurück und fangen noch mal von vorne an!"

Ohne eine Antwort abzuwarten, steht er auf, geht hinaus und lässt Bert, der Mühe hat, sich aufrecht zu halten, an der Bar sitzen. In dessen Kopf dreht sich alles, seine Wangen sind heiß. Der Barkeeper stellt ihm vorsorglich ein Glas Wasser auf den Tresen.

„Alles in Ordnung?"

Bert nickt.
Währenddessen schlendert Yves durch die Bar, schaut sich um, kommt wie zufällig auf Bert zu.
„Ist hier noch frei?“
„Ja, bitte.“
Er setzt sich auf den Barhocker neben Bert und streckt ihm die Hand hin:
„Yves“, sagt Yves, „ich heiße Yves.“
„Bert“, erwidert Bert. „Freut mich, dich kennenzulernen.“

*

Sie würde diese Frau, mit der sie nicht mehr und nicht weniger gemeinsam hat als die Mutter, am liebsten auszahlen. Fragen, wie viel willst du, damit du Ruhe gibst und sie mir überlässt? Mit Geld kann sie umgehen. Nicht aber mit einer hysterischen Französischlehrerin.
„Studienrätin“, hatte Silke sie arrogant lächelnd korrigiert, als sie sich zum ersten Mal begegnet waren, und Julia wusste sofort, dass dies nicht der Anfang eines freundschaftlichen Verhältnisses war.
Auch jetzt sitzen sie einander gegenüber wie zwei Krähen, die nur auf den richtigen Moment warten, um sich die Augen auszuhacken.
„Ich weiß ehrlich gesagt überhaupt nicht, was du eigentlich von uns willst. Du hast dich jahrelang nicht um Mutter und mich geschert und nun kommst du daher und möchtest über unsere Zukunft entscheiden.“
„Ich wusste gar nicht, dass ihr ein so enges Verhältnis habt, um von dir und unserer Mutter in der Wir-Form zu sprechen“, unterbricht Julia sie scharf. „Soviel ich weiß, hast du fünf Jahre im Ausland verbracht und dich nicht einmal zu Weihnachten gemeldet. Da durfte ich nach Köln fahren, um mit Mama unterm Christbaum zu sitzen. Hör endlich mit der Heuchelei auf und lass uns über die Tatsachen reden. Ich habe keine Zeit, einen ganzen Tag hier zu vertrödeln. Im Übrigen will ich sie besuchen und nicht dich.“
Julia hatte den Zug um neun Uhr morgens nach Köln nicht etwa genommen, um mit ihrer Halbschwester Tee zu trinken, sondern um klarzustellen, dass man mit ihr rechnen muss.

„Mutter kennt dich überhaupt nicht mehr“, erwidert Silke und in ihrer Stimme liegt etwas wie bockige Genugtuung.
„Daran arbeitest du offenbar hart, ja.“ Julia lehnt sich in dem unbequemen Sessel des ebenso unwirtlichen Cafés einer amerikanischen Kette betont locker zurück. „Aber nun lass uns zur Sache kommen: Ich bin die Ältere und die Wohlhabendere von uns beiden. Jedes Gericht der Welt wird mir die Vormundschaft für unsere Mutter übertragen. Übrigens habe ich sie bereits beantragt.“ Das ist gelogen, aber sie will sehen, wie Silke darauf reagiert.
Doch die fragt nur grinsend: „Fühlst du dich eigentlich so toll, wie du tust?“
„Ich fühle mich nicht toll, ich versuche, das Kräfteverhältnis darzulegen, um dich davon zu überzeugen, dass es besser wäre, dich konstruktiv mit mir zu unterhalten.“ Sie spricht mit ihr wie mit einem unwilligen Verhandlungspartner, der nichts mehr zu verlieren hat, und wird allmählich sicherer.
„Du kannst mich mal.“ Silke steht auf und zieht ihre Jacke an.
„Wenn du nicht mit dir reden lässt, nehme ich sie einfach mit.“ Julia erschrickt über ihre eigenen Worte, aber nun ist es gesagt. Sie erwartet, dass Silke im nächsten Moment auf sie losgeht oder unkontrolliert herumbrüllt. Stattdessen lacht Silke laut auf, setzt sich wieder, schaut Julia herausfordernd in die Augen.
„Das kannst du gerne tun. Aber erstens: Glaub nicht, dass ich mich auch nur einen Tag um sie kümmere, wenn du nicht mehr mit ihr klarkommst. Und zweitens: Frag sie in einem ihrer hellen Momente, was sie eigentlich am liebsten will.“
„Du scheinst es ja zu wissen.“

Silke sieht mit einem Mal unendlich erschöpft aus. Selbst die kleinen Locken ihrer schwarzen Haare hängen an den Seiten müde herunter.

„Besser als du auf jeden Fall. Du hast nämlich keine Ahnung, was aus unserer Mutter in den letzten Monaten geworden ist. Du kennst sie ja nur vom Telefon und deinen sporadischen Besuchen zweimal im Jahr. Du musst sie nicht besoffen aus irgendeiner Kneipe holen. Du siehst nicht, wie sie sich zurichtet, wenn sie alleine in der Wohnung ist. Zugedröhnt auf einem Stapel Kissen sitzt und mit ihrem Gebiss spielt. Die Wohnungstür verrammelt, weil sie fürchtet, der Teufel will sie holen. Du hörst sie nicht weinen, wenn sie in ihren klaren Momenten begreift, dass sie die Kontrolle über sich verloren hat." Silke nimmt den Löffel aus der leeren Kaffeetasse und schlägt ihn sich nervös in die geöffnete linke Hand. „Ja, du hast recht. Ich bin jahrelang von der Bildfläche verschwunden, weil ich Abstand brauchte. Erwachsen werden musste. Weit weg von einer Mutter, die nur scharf auf meine Jugend war."

Julia weiß nicht, was sie sagen soll, fürchtet, eine falsche Bewegung könnte sie daran erinnern, dass sie eigentlich gehen wollte. Doch Silke spricht weiter, leiser als zuvor.

„Ich bin nicht im Internat groß geworden, sondern in Wohngemeinschaften. Ich habe meinen Vater nie kennengelernt, aber jede Menge Männer an seiner Stelle, alle nicht zu gebrauchen. Mutter habe ich beim Vornamen genannt: Ulli. Wie eine große Schwester. Sie getröstet, wenn einer ihrer Lover sie verlassen hatte, sie geweckt, damit sie nicht zu spät zum Schichtwechsel kam, als sie Taxi fuhr, ihr geholfen, den Bioladen aufzubauen. Statt mit achtzehn richtig auszuziehen, habe ich die Wohnung über ihr bezogen. Wenn ich abends nach Hause kam, stand sie hinter dem Spion. Brachte ich einen Freund mit, tat sie so, als hätte sie uns zufällig gehört und wollte uns morgens zum Frühstück einladen. An meinem zwanzigsten Geburtstag kreuzte meine sechsundfünfzigjährige Mutter auf und wollte einen Joint mit uns rauchen. Kannst du dir vorstellen, wie ich mich geschämt habe?“

Julia nickt, obwohl sie sich wahrscheinlich nicht geschämt hätte, wenn ihre damals sechsundvierzigjährige Mutter an ihrem zwanzigsten Geburtstag ein bisschen Dope beigesteuert hätte. Aber das waren ganz offensichtlich andere Zeiten.

„Ich bin vor zwei Jahren wiedergekommen, als sie krank wurde. Die Ärzte waren sich von Anfang an sicher, dass die Medikamente bei ihr nicht viel aufhalten könnten, wegen dem vielen Zeug, das sie im Laufe ihres Lebens genommen hat.“

Julia weiß beim besten Willen nicht, was sie darauf erwidern soll. Wieso hat ihr das niemand früher gesagt?

Silke sieht auf die Uhr, ihr Gesichtsausdruck verhärtet sich. Von der Zerbrechlichkeit der letzten Minuten ist nichts mehr zu spüren.

„Ich muss los“, sagt sie kurz und steht wieder auf. „Du kannst mir ja deinen Eindruck am Telefon schildern, keine Angst, ich drücke dich nicht weg. Ich bin zu neugierig, ob du sie wirklich mitnehmen willst.“

Dann geht sie ohne ein Wort des Abschieds zur Tür.

*

„Vor dir habe ich mich nie für Frauen interessiert, wirklich niemals. Ich habe nicht einmal eine beste Freundin. Schon in der Schule fand ich Mädchen langweilig, zickig und unberechenbar. Ich kam mit Jungs immer besser klar. Das hat sich bis heute nicht geändert. Die meisten Musikerinnen, mit denen ich gearbeitet habe, fand ich schrecklich anstrengend. Aufdringlich, eingebildet und kritikunfähig. Vielleicht ist das ein Vorurteil. Es mag daran liegen, dass ich mich als Flamenco-Gitarristin in einer Welt bewege, in der die Rollen klar aufgeteilt sind und ich eine Ausnahme bin. Meinen Kolleginnen traue ich nicht, sie sind meine Konkurrentinnen im Spiel um die Gunst des Publikums. Nie habe ich das Bedürfnis gehabt, eine von ihnen zu berühren, obwohl ich sie oft hinter der Bühne beobachtet habe, wie sie sich an- und auszogen, sich vorbereiteten auf die zugegebenermaßen hohe Kunst der Verführung im Tanz und Gesang. Selbst die attraktivsten Frauen in aufreizenden Kleidern und mit perfekt geschminkten Gesichtern, makellos schön für den Augenblick im Rampenlicht, waren nie mehr für mich als Figuren, die ich mit Klang umgab. Ich bin kein visueller Mensch. Meine Augen sind damals nur an dir hängengeblieben, weil du ungeschützt im Regen standest, wirklich entdeckt haben dich erst meine Nase und meine Ohren.

Wenn ich will, kann ich dich riechen. Immer und überall. Du riechst frisch. Nach Sonne und Wind und in deinen Haaren hängt immer dieser Duft nach Sandelholz. Oder denke ich nur, dass es Sandelholz ist, weil ich deinen Geruch mit einem so geheimnisvollen Wort wie Sandelholz benennen kann? Sandelholz, Sansibar, sonderbar. Wie

deine Stimme. Dunkel und warm, ein vielversprechender, aus erdiger Tiefe aufsteigender Ton.
Ich liebe deinen Körper. Ich liebe deine Arme, ich liebe deinen Rücken, ich liebe deine Beine. Sie sind kräftig, ohne durchtrainiert zu sein. Sie sind stark, weil sie dich halten, wenn du mich verlässt. Ich sehe dich selten laufen, ich sehe dich öfter liegen oder sitzen. Auf dem Weg ins Badezimmer ziehst du dir nichts über. Nur zum Rauchen bedeckst du deine Brüste. Stehst auf, setzt dich in den Sessel, als ob du einen anderen Raum betreten wolltest.
Ich hatte Angst, dir für Mittwoch abzusagen. Ich habe es nur getan, um zu sehen, was dann geschieht. Ob überhaupt etwas geschieht. Oder ob das Leben weitergeht, spurlos vorbei an Zimmer 802. Als du mir geschrieben hast, du könntest es kaum erwarten, meine Haut zu spüren, meine Lippen zu küssen, dachte ich: Haut und Lippen. Die Seele bleibt außen vor. Stimmt das?
Ich bin ungerecht, ich weiß. Ich wusste doch, worauf ich mich einlasse. Du hast mir gleich zu Anfang gesagt, dass du verheiratet bist. Mehr oder weniger glücklich und ohne Trauschein. Das lässt mich hoffen.
Es ist anmaßend zu glauben, ich könnte dich glücklich machen, aber ich traue es mir zu. Dabei kann man sich nicht trauen, wenn man liebt. Man gibt sein Bestes und täuscht Besseres vor. Ich bin verrückt zu hoffen, dass du sie meinetwegen verlässt. Doch du wärst verrückt, es zu tun. Sie ist wohlhabend, sie kann dir das Wasser reichen. In die Oper gehen, Kaschmir-Mäntel tragen, indisch kochen. Paare wie ihr kommen manchmal in die Clubs, in denen ich samstags mit einer Jazzband auftrete. Nach einem ausgiebigen Stadtbummel, einem gepflegten Essen bei einem guten Glas Wein. Sie setzen sich zwischen die ewig Gestrigen und die Tonangebenden von morgen und tun so, als

verstünden sie, was wir dort oben auf der Bühne treiben. Aber sie begreifen gar nichts. Nicht die Musik und nicht unsere Beweggründe. Die meisten von uns stehen kurz vor Hartz IV. Uns treibt keine romantische Reminiszenz an amerikanische Bars in die verrauchten Kneipen, wir brauchen einfach das Geld. Das Leute wie ihr aus dem Fenster werfen. Auch deshalb war es gut, eine Weile mit einem Zahnarzt zusammenzusein. Ich brauchte nicht mehr einzukaufen, ich habe mich in Berts Kühlschrank bedient. Nennt man das: sich aushalten lassen? Kaufst du mich jetzt einmal die Woche und ich will es nicht wahrhaben? Habe ich alles kaputtgemacht mit meiner Absage? Hältst du mich für eine hysterische Ziege? Verhalte ich mich genauso wie die Frauen, von denen ich immer gesagt habe, sie besäßen kein Rückgrat? Machten sich gefühlsmäßig zu abhängig. Gäben sich auf. In meinem Fall ist es noch viel schlimmer: Ich gebe mich nicht nur auf, ich gebe mich auch ganz und gar hin."

*

Bert erwacht und weiß im ersten Moment nicht, wo er ist. Auf dem Nachttisch liegt sein Handy, auf dem Boden verstreut seine Kleider, langsam steigt die Erinnerung an den Unfall in ihm auf.
Er schließt die Augen wieder, träumt sich Hanna herbei. Aber ihre Silhouette schwebt in seinem Innern über ihm, ihre Arme rudern in der Luft, finden den Weg zu ihm nicht. Sie treibt ab, platzt wie eine Seifenblase vor etwas, das aussieht wie eine Pyramide. Hanna fühlt sich an wie tot. Ihr Name klingt schal. Nichts drängt in ihm nach ihr, es ist nur die offene Wunde, die schmerzhaft pocht. Sie spürt er nicht mehr und kann es nicht glauben. Er muss sie anrufen, zurückholen, ihre Stimme hören. Doch ihre Telefonnummer tanzt vor seinen Augen wie eine Reihe aus dem Takt gekommener fiebriger Tänzer. Sie streckt die Hände nach ihm aus und zum ersten Mal steigt Abwehr in ihm auf bei dem Gedanken, von ihr berührt zu werden. Die Konturen ihres Gesichts zerfließen, ihr Mund, ihre Augen verziehen sich zu einer widerlichen Fratze, sie sagt blechern: „Mich kannst du nicht mehr haben."
Dann sieht er sich auf dem Mittelstreifen einer Landstraße balancieren, versucht, mit großen Schritten die Zwischenräume der gestrichelten Linie zu treffen, und sieht, wie Hanna auf ihn zurast. Sie bremst nicht ab, sie weicht ihm nicht aus und er geht ihr nicht aus dem Weg. Er bleibt einfach stehen, erwartet den Aufprall gelassen. Wundert sich, dass es nicht schmerzt, als der Wagen über ihn hinwegschießt, registriert, wie er umfällt und auf dem Asphalt liegt, wie die Reifen links und rechts an ihm vorbeirollen, ungewöhnlich lange, ungewöhnlich langsam. Danach sieht er den Himmel über sich, steht auf, klopft sich den

Dreck ab, sieht ihrer Staubwolke nach und geht in die andere Richtung am Straßenrand entlang.
Das Telefonklingeln weckt ihn.
„Frühstücken wir zusammen?“, fragt Yves.
Sie verabreden, sich eine Viertelstunde später unten im Foyer zu treffen.
Bert schlägt die Decke zurück, geht zum Fenster und streckt seinen Kopf hinaus. Es ist kalt geworden. Im Hotelpark joggt ein Pärchen um den See, auf der Wiese steht ein bärtiger Mann und macht Tai Chi. Bert fühlt sich schwach. Der Cognac und die vielen Zigaretten am Vorabend, der leere Magen, die Bilder der Toten und Verletzten, Yves, der nicht Sascha ist, und der Verlust von Hanna. Das ist alles zu viel für ihn.

*

Das letzte Mal hatte Julia vor einem halben Jahr hier geklingelt. Heute erschrickt sie, als ihre Mutter die Haustür öffnet. Sie trägt die grauen Haare kurz wie nie. So kurz und schlecht geschnitten, dass an manchen Stellen die Kopfhaut durchscheint.
„Das hat er so gewollt", flüstert die Mutter, als Julia nach dem Grund dafür fragt, und hält den rechten Zeigefinger vor den Mund.
„Wer genau?", insistiert Julia.
„Das darf ich dir nicht sagen, er hört alles, sieht alles. Wir müssen höllisch aufpassen."
Dazu gehört auch, dass sie sich nicht in eines der größeren, gemütlich eingerichteten Zimmer setzen, deren Wände und Regale voller staubiger Andenken an die Reisen nach Indien und Lateinamerika sind. Stattdessen führt die Mutter sie in die winzige Küche an den kleinen Klapptisch und schließt sorgsam die Tür hinter sich. Es ist stickig, doch als Julia das Fenster öffnen will, schreit ihre Mutter leise auf.
„Nicht! Sonst kommt er herein. Es ist der einzige Raum, den er noch nicht unter seine Kontrolle gebracht hat."
Julia beschließt, auf die Geschichte einzugehen.
„Und wieso schafft er es nicht?", fragt sie, als sprächen sie über einen guten Bekannten.
Augenblicklich verändert sich das Gesicht der Mutter.
„Warum willst du das wissen? Steckst du doch mit ihm unter einer Decke?" Ihre Augen weiten sich unnatürlich und sie weicht einen Schritt zurück. Greift hinter sich in die Spüle, sucht etwas.
„Aber Mama! Ich kenne ihn doch gar nicht!"

„Du kennst ihn nicht?“ Sie lacht schrill. „Du? Ausgerechnet du? Aber er hat dich doch gezeugt. Du bist doch sein Kind.“
„Papa?“
„Siehst du, du kennst ihn.“ Sie nickt unkontrolliert und schnell, wippt mit dem ganzen Körper vor und zurück. „Er hat dich geschickt. Damit ich dich hereinlasse! Und ich habe es nicht gemerkt!“ Tränen steigen ihr in die Augen und sie schlägt die Hände vor das Gesicht. „Was soll ich denn jetzt machen? Ich kann doch nicht meine eigene Tochter töten!“
Julia begreift, dass sie etwas tun muss, um diesen Wahn zu unterbrechen. Sie reißt die Küchentür auf, geht dann zum Fenster und öffnet es weit.
„Siehst du, Mama? Es passiert doch überhaupt nichts!“
Plötzlich scheint ihre Mutter in die Knie zu gehen und Julia kann sie gerade noch auffangen und mit Mühe auf einen der beiden Küchenstühle setzen. Sie starrt in die Leere, in der Hand hält sie eine Kuchengabel, mit den Zacken nach oben. Julia nimmt sie ihr vorsichtig aus der Hand, legt den Arm um sie. Die alte Frau ist schmal geworden, Julia spürt die spitzen Knochen unter der Haut, sie riecht nach Schweiß und Alkohol.
„Wollen wir uns nicht ins Wohnzimmer setzen?“
Widerstandslos lässt sich die Mutter am Arm nehmen und von Julia zum Sofa bringen.
„Ich hole nur schnell den Tee, ja?“, sagt Julia.
Als sie zurückkommt, ist ihre Mutter eingeschlafen. Ihr Kopf ist leicht zur Seite gekippt, der Mund steht halb offen, sie röchelt beim Atmen.
Julia betrachtet die Schlafende lange, versucht, sich vorzustellen, wie ihre Mutter damals ausgesehen hatte. Es war Frühling gewesen, sie hatten zu dritt zu Mittag geges-

sen und ihr Vater war danach wieder ins Büro gefahren. Während des Essens war zwischen den Eltern kein Wort gefallen, aber wenigstens hatte Papa nicht wieder gebrüllt, Mama sei eine Schlampe, und sie hatte nicht zurückgeschrien, er sei ein Reaktionär, was auch immer das bedeuten mochte. Doch es herrschte noch immer Krieg im Haus, das hatte sie als Zehnjährige an der eisigen Kälte des Schweigens gespürt. Nachdem ihre Mutter das Geschirr zusammengeräumt und den Abwasch erledigt hatte, war sie in ihr Schlafzimmer gegangen und hatte die Tür hinter sich abgeschlossen. Das hatte sie nie zuvor getan, wenn der Vater aus dem Haus war. Wovor wollte sie sich denn verstecken? Vor Julia?

Wenn sie sich sonst am Nachmittag hinlegte, dann immer in das kleine Büro mit dem grünen Sofa. Das war Mutters Zimmer. Hier schlief sie, hier telefonierte sie, hier saß sie am Schreibtisch und schrieb all die Briefe, die Julia zur Post bringen durfte. Aber pass auf, dass niemand dich sieht, meine Kleine, ja? An diesem Nachmittag aber war sie im Schlafzimmer verschwunden und mit zwei roten Koffern in der Hand wieder herausgekommen. Als ob sie in die Ferien fahren würden. Dabei ging das gar nicht, weil Julia doch Schule hatte. Aber sie hatte nicht gewagt, ihre Mutter zu fragen. Etwas war an diesem Nachmittag anders gewesen, etwas Undurchdringliches trennte sie voneinander. Julia hatte nur stumm unter der Treppe gesessen und ihrer Mutter zugeschaut, wie sie eilig ihre Jacke von der Garderobe nahm, die Tür öffnete und, ohne sich noch einmal umzusehen, das Haus verließ.

Julia war aus ihrem Versteck hervorgeschossen und zum Küchenfenster gelaufen: Ein fremder Mann mit schulterlangen Haaren packte die Koffer in einen grünen VW-Käfer, ihre Mutter stand nervös daneben. Dann stiegen beide ein und das Auto fuhr davon. Es war alles ganz schnell gegangen, aber Julia hatte sofort begriffen, dass ihre Mutter gerade für immer fortgegangen war und dass es keinen Sinn haben würde, ihr nachzulaufen. Stattdessen suchte sie nach einer Erklärung. Ihre Mutter hatte ihr sicher einen Brief geschrieben. Wohin sie gegangen war und dass sie Julia bald holen käme. Sie schrieb doch immer Briefe, wenn etwas wichtig war, nur diesmal hatte Julia sie nicht zur Post bringen müssen. Ihre Mutter musste den Umschlag mit ihrem Namen darauf irgendwo im Haus gelassen haben. Unauffindbar für den Vater, erkennbar nur für Julia. Sie hatte die ganze Wohnung abgesucht. Jedes Zimmer auf den Kopf gestellt, die Schränke durchforstet, noch nach Monaten hinter Kissen und unter Teppichen eine Nachricht vermutet. Doch sie suchte vergeblich. Ihre Mutter hatte sie in der Eile wohl einfach vergessen.

*

„Man könnte denken, ich wäre in mich selbst verliebt. Seit ich deinen Seidenschal trage, kann ich nicht aufhören, daran zu schnüffeln wie ein Junkie auf Entzug. Ich war nervös, als ich die Parfümerie betreten habe. Ich wusste nicht, ob man einer Verkäuferin ein Stück Stoff unter die Nase halten und fragen kann, ob sie den Duft kennt. Sie hat aber nur professionell gelächelt, genickt und mich zu einem Regal geführt und auf eine Marke mit Probierflaschen gezeigt. Tatsächlich roch es genauso. Ein kleines Fläschchen Eau de Toilette kostet ungefähr so viel wie meine Wochenration an Lebensmitteln. Statt Nasenraub zu begehen, habe ich mich von Kopf bis Fuß damit eingesprüht.

In diesem Monat habe ich keine Auftritte mehr, es ist ein schlechtes Jahr, ich werde mir etwas einfallen lassen müssen. Früher mochte ich das: Nie zu wissen, was kommt. Mich zu freuen, wenn ich frei hatte. Spazieren zu gehen, vor mich hin zu spielen, Zeit zu haben. Geld war eine Begleiterscheinung, die kam und ging wie die Jahreszeiten, von denen manche eben wärmer sind als andere. Mir hat es nie viel ausgemacht, wenig zu verdienen. Man lernt dabei, auf Vorhandenes zu achten, man schätzt Kleinigkeiten mehr. Vielleicht stimmt das auch nicht und ich rede mir Armut schön. Denn das ist es, was ich bin: arm. Allerdings tauche ich nicht in der Statistik der Sozialhilfeempfänger auf. Ich schlage mich alleine durch, solange ich kann, weil mir die Idee, verwaltet zu werden, nicht gefällt. Und weil ich mich wahrscheinlich doch, tief in meinem Innern, dafür schäme, dass nichts aus mir geworden ist.

Die Zahl meiner Gitarrenschüler ist auf vier geschrumpft. Du findest es sexy, dass ich von der Musik lebe. Mir geht es

zunehmend an die Nerven und manchmal finde ich meine Perspektiven beängstigend. Aber ich kann sonst nichts. Unvorstellbar, in einem Büro zu sitzen und für andere Briefe zu schreiben. Schreibt man heutzutage überhaupt noch Briefe? Oder kommunizieren alle so wie du und ich? In schnell dahingeschriebenen E-Mails, in denen man sich oft im Ton vergreift. Woher soll ich wissen, ob du eine Liebeserklärung flüsterst oder schreist? Und wenn du sie schreist: tust du es aus Lust, aus Verzweiflung, aus Wut? Oder aus schlechtem Gewissen, weil du mich beruhigen willst?
Ich wüsste gerne, wo du mir schreibst. Ob du an einem großen Schreibtisch sitzt oder ein Notebook auf den Knien hast. Ob du die Worte hinter verschlossener Tür tippst, im Vorbeigehen, im Stehen oder Sitzen. Ob du auf dem Weg zum Gericht an einem Internet-Café Halt machst. Wo du liest, dass ich mit dir schlafen will. Wie es ist, wenn ich dich mitten am Tag, ungeschützt, zeilenweise berühre. Dich küsse. Meine Hand zwischen deine Beine lege. Spürst du das?
Hörst du das Martinshorn im Hintergrund? Wenn ich um Leben und Tod kämpfte, du würdest es nicht erfahren. Mich beschäftigt die Frage, ob es wichtig ist, voneinander zu wissen. Was würde es ändern, wenn du unruhig in einem langen Gang auf und ab gingest, während ich an Infusionen hinge? Gerade in meinem Körper wäre ich doch gefangen, allein, auf mich selbst zurückgeworfen. Meine Sehnsucht nach Rettung müssen die Reste kindlicher Träume sein. Schneewittchenschwäche. Das vergebliche Warten auf den Prinzen. Oder schlimmer: Lange Schatten der Erpressungsfantasien einer Jugendlichen, die sich im Geiste vorstellt, wie die Familie um das Sterbebett herumstünde und sich schuldig fühlte. Will ich, dass du dich schuldig fühlst?

Gedanken eines Teenagers im Körper einer Erwachsenen. Meine Haut ähnelt mehr und mehr den Zeichnungen der Epidermis im Biologieunterricht: Kleine unregelmäßige Kreuze mit Punkten dazwischen. Ins Nichts laufende gekräuselte Linien. Eincremen kann den Verfallsprozess nicht aufhalten, meine Hände sind faltig, die Adern liegen müde über den knochigen Gelenken.
Deine Hände sind gepflegt, weich, sie ruhen in sich. Es sind Hände, die Stifte nur zum Abhaken oder Ankreuzen oder Unterstreichen benutzen, sie gestikulieren mehr, als dass sie zugreifen. Erstaunlich, wie du mich damit halten kannst, wenn du mich liebst. Während du mir sagst, dass du mich brauchst, und ich für einen Moment vergesse, wofür. Wenn du zu mir aufsiehst, fast schuldbewusst betrachtest, wie ich mich winde, und deine Lippen lautlos meinen Namen formen. Wenn deine Finger schließlich, mit meinen verschränkt, zwischen unseren erschöpften Körpern ruhen. Dann, Sascha, könnte ich weinen vor Glück."

*

Nach dem Frühstück, bei dem beide Männer bemüht waren, den gestrigen Tag nicht zu erwähnen, müssen sie die Zimmer räumen. Bert holt seinen Kulturbeutel aus dem Badezimmer und hängt den Hotelbademantel, in dem er eingeschlafen war, zurück. Er sieht so ähnlich aus wie sein eigener und plötzlich fällt ihm der Abend ein, an dem Hanna ihn so brüsk zurückgewiesen hatte.
„Nein! Nicht! Lass mich!"
Klar und deutlich hatten sie die Stimme des Mädchens nebenan gehört. Wäre Bert alleine gewesen, hätte er wie immer den Fernseher ein wenig lauter gedreht, um das Weinen nicht mehr zu hören. Diesmal lag er nackt mit Hanna auf dem Sofa und streichelte ihren Rücken.
„Was ist das?", fragte sie.
„Der Nachbar von nebenan. Ein Choleriker."
Hanna hielt den Atem an und lauschte. Er wollte nicht, dass das fahle Licht der Nachbarwohnung durch unsichtbare Ritzen drang, die fragile Nähe zwischen ihnen sollte nicht an fremdem Leid zerbrechen. Doch Hanna war schon nicht mehr bei ihm. Sie war in Gedanken bereits auf der anderen Seite der Wand. Ihre Haut glänzte im Schein der Straßenlaterne und er küsste ihren Nacken. Sie fuhr herum, funkelte ihn an.
„Spinnst du? Da drüben schreit ein Kind und du willst drübervögeln?"
Dann sprang sie aus dem Bett, lief ins Badezimmer, zog seinen Bademantel über, öffnete die Wohnungstür, ging mit großen Schritten auf die Tür der Nachbarwohnung zu und klingelte. Die Stimmen drinnen verstummten sofort. Hanna klingelte noch einmal. Der Bademantel war ihr viel zu groß.

Darunter ist sie nackt, dachte Bert, der mit offenem Hemd und Shorts unbeweglich in der geöffneten Wohnungstür stand.
„Komm wieder rein, es hat aufgehört“, sagte er.
Sie klingelte weiter.
Das Haus schien die Luft anzuhalten. Nach einer Ewigkeit hörte sie Schritte, vorsichtig wurde das Kettenschloss zurückgeschoben, die Tür öffnete sich einen Spalt und zusammengekniffene Augen schauten sie ängstlich an.
„Alles in Ordnung?“, fragte Hanna leise.
Das Mädchen nickte langsam.
„Sag ihm, ich bin von der Polizei und ich wohne nebenan.“
Keine Reaktion.
„Ich bin von der Polizei und ich wohne nebenan“, rief Hanna laut durch den Türspalt und das Mädchen zuckte zusammen vor Schreck.
„Ich bin übrigens Hanna. Und du? Wie heißt du?“
„Anita“, flüsterte das Mädchen, bevor sie die Tür wieder schloss.
Bert stellte sich vor, wie der Riese später bei ihm klingelte und ihren Ausweis sehen wollte. Oder gar nicht klingeln würde, sondern gleich die Tür einträte, wenn sie nicht da wäre. An einem der vielen Tage, an denen Hanna nicht bei ihm war. Sich um alles und jeden kümmerte, bloß nicht um ihn.
Ihn verletzte sie, ihn ignorierte sie, ihn benutzte sie. Aber er brauchte sie, um sich zu spüren. Sie ließ ihn teilhaben am Leben. Mit ihr lernte er, Farben zu schmecken. Den Dingen Gesichter abzuringen. Sein Herz zu sehen, wie es brach liegt und sich sehnt. Wenn er sie jetzt verliert, verliert er den Anker, der ihn bei sich hält. Dann wird er fort-

gespült in ein Meer von Zweifeln, die alle in einer einzigen Frage münden: Wohin mit mir?
Vor Hanna war ein Tag wie jeder andere gewesen. Aufstehen, frühstücken, arbeiten, essen, fernsehen, schlafen. Samstags Kino. Sonntage aushalten. Bevor sie sein Leben auf den Kopf stellte, war die Welt ein Schlachtfeld und seine Wohnung eine Festung. Mit Hanna war das Leben ein einziger Wellenritt. Aufregend, gefährlich, hemmungslos.
„Du bist sexy, mein Lieber, weil du nicht weißt, was das ist", sagte sie am Anfang und kaufte ihm schwarze Unterwäsche.
Als er wusste, was sexy ist, kaufte er seine Slips selbst, und als sie nicht mehr mit ihm schlafen wollte, ging er in Peepshows. Er betrachtete die Frauen durch das kleine Fenster, wie sie ihre Brüste anfassten, und das Einzige, was ihn wirklich anmachte, war die Vorstellung, dass sie ihn sehen könnten, mit der Hand in der Hose wie ein Sextaner, der seiner Turnlehrerin heimlich beim Umziehen zuschaut.
Bert setzt sich auf den Bettrand und blickt auf die Uhr. Zehn vor zwölf, Hanna dürfte schon wach sein. Er greift zum Handy.
„Kann ich dich was fragen?", fragt er, nachdem sie sich gemeldet hat.
„Ich denke schon."
„Gibst du uns noch eine Chance?"
Stille. Draußen überqueren lachende Menschen den Parkplatz.
„Nein."
Er atmet tief durch, dann nickt er, wie für sich selbst.
„In Ordnung, ich wollte einfach Klarheit."
„He, ich mag dich. Wir bleiben Freunde, ja?"
„Kann ich dich noch was fragen?"

„Nein, es ist nicht wegen eines anderen Mannes, wenn du das meinst."
„Sicher?"
„Sicher."
„Danke. Ist irgendwie erleichternd."
Er legt auf, bevor sie sich verabschieden kann. Steht wie in Trance auf, blickt sich im Zimmer um, ob er noch etwas vergessen hat, nimmt die kleine Reisetasche, zieht seine Jacke an und geht.

*

Sie hat sich ein Zimmer in einem großen Messehotel genommen, unweit der Wohnung ihrer Mutter. Von dort ruft sie Sascha an.
„Na endlich! Ich dachte schon, du meldest dich nie mehr! Alles unter Kontrolle?"
„Von Kontrolle kann überhaupt keine Rede sein. Hier geht alles drunter und drüber. Ich komme mir vor wie auf einer Zeitreise!"
„Macht sie dich jünger oder älter?"
„Hättest du mich lieber jünger?" Die Frage gerät schärfer als beabsichtigt.
„Unsinn, das war ein Späßchen. Also, was ist los?"
Plötzlich hat Julia kein Bedürfnis mehr zu erzählen, was sie heute erlebt hat. Sie ist streitlustig.
„Du hättest mich ruhig auch mal anrufen können."
„Fühlst du dich vernachlässigt?" Sascha macht immer noch Witze.
„Das ist nicht der Punkt. Du könntest dich dafür interessieren, wie es mir geht. Immerhin bin ich nicht auf einer Tagung oder im Urlaub."
Schweigen.
„Ich glaube, wir lassen das mit dem Telefonieren heute besser. Schönen Abend noch." Julia wartet keine Antwort ab und legt auf. Sascha hätte sowieso nichts mehr gesagt. Wenn sie sich angegriffen fühlt, zieht sie sich zurück, igelt sich ein.
Das Handy klingelt.
„Ja?"
„Auflegen ist das Letzte."
„Tut mir leid."
„Tut es dir nicht."

„Weißt du doch gar nicht.“
„Warum gibst du mir nicht deine Telefonnummer im Hotel und ich rufe dich an. Oder willst du sie lieber geheim halten?“
„Im Gegensatz zu dir gehe ich immer noch allein ins Hotelzimmer.“
„Ach, da läuft der Hase!“
„Hier läuft kein Hase. Hast du was zu schreiben?“
Ein paar Minuten später klingelt der Apparat neben dem Bett und Julia macht es sich damit auf der Tagesdecke bequem. Sie reden fast eine Stunde, danach fühlt sich Julia angenehm leer. Sie würde gerne ein Bad nehmen, doch sie ist zu müde. Morgen wird sie noch einmal zu ihrer Mutter gehen und hoffen, dass sie zu ihr durchdringt. Zum Mittagessen wird sie Silke bei einem Italiener treffen. Davor hat sie Angst. Und auch, dass Sascha morgen keine Zeit haben könnte, sie in Berlin vom Bahnhof abzuholen. Besseres zu tun hat. Vielleicht treffen sie sich nicht nur mittwochs?
Julia wird leicht übel. Sascha und Hanna. Hand in Hand. Lachend. Im Bett. Wo sie sich wohl treffen? Wenn Sascha das Hotel aussucht, ist es sicher eines der größeren in der Stadt, keine kleine Pension. Sascha fällt nicht gerne auf, bleibt lieber anonym. Julia versucht, sich vorzustellen, wie sie ihr Auto in der Tiefgarage parkt und in der Lounge auf Hanna wartet. Oder treffen sie sich gleich auf dem Zimmer? Halten es nicht länger aus, einander nicht zu berühren, wollen sich sofort die Kleider vom Leib reißen? Die Bilder laufen vor Julias innerem Auge ab, doch es gelingt ihr nicht, etwas dabei zu fühlen. Keine Trauer, keine Wut, nichts tut weh. Ihr fehlt ein Gesicht zu dem fremden Körper. Sie hat Sascha nur ein einziges Mal mit einer anderen Frau gesehen und dann hat sich herausgestellt, dass es nur eine neue

Kollegin war. Mit der sie zufälligerweise nichts angefangen hatte. Aber das kann ja noch kommen. Nach Hanna. Nach Hanna? Wieso ist es so schwierig, das zu denken? Ist es der Name, der einen eigenartigen Nachhall hat? Die Tatsache, dass sie sich im Hotel treffen? Oder ist es diese verrückte Zeit, in der alle möglichen Dinge sich verkehren?
Gestern war Julia noch überzeugt davon, ihre Mutter vor dem Altenheim bewahren zu wollen, nach dem Gespräch mit Silke war sie bereits verunsichert und später stieg ein verschütteter, tiefer Groll in ihr auf, der sich zu einem nicht zu unterdrückenden Ekel steigerte. Sie hielt den beißenden Geruch, den ihre Mutter verströmte, nicht länger aus und musste die Wohnung für einen Moment verlassen. Ihre Lungen mit Stadtluft füllen, atmen. Ein, aus, ein, aus. Im selben Moment wurde Julia klar, dass sie niemals auch nur einen Tag in einem Haus mit ihrer Mutter aushalten würde, selbst wenn sie getrennte Wohnungen hätten. Nicht, weil ihre Mutter von allen guten Geistern verlassen war, sondern weil ihre Gegenwart längst vergessene Geister rief. Was hatte Julia veranlasst, so vehement für die Frau einzutreten, die sie als Kind einfach allein gelassen hatte, einem Vater ausgeliefert, der die Erziehung seiner Tochter als wirtschaftliche Investition begriff?
Noch bis vor ein paar Tagen hat sie geglaubt, die schlimmsten Wunden wären verheilt. Ihre Mutter hatte ihr zu ihrem achtzehnten Geburtstag geschrieben und sich bei ihr entschuldigt: Sie wisse inzwischen, einen unverantwortlichen Fehler gemacht zu haben, und bereue ihn, doch sie hätte damals nicht gewagt, zu ihrer Schwangerschaft mit Silke zu stehen, sie sei stolz darauf, was aus Julia geworden sei und dass sie manchmal die Sehnsucht nach ihr nicht aushalte. Als Absender hatte sie einen falschen Namen benutzt und Julia war fast in Ohnmacht gefallen,

als sie den Brief auf dem Weg zum Einkaufen gelesen hatte. In dem Umschlag steckten auch zwei Fotos: Eins von der Mutter und eins von Silke. Sie hatte es nicht glauben können. Nach sieben Jahren das ersehnte Lebenszeichen. Und eine Schwester.

Danach hatten sie sich heimlich getroffen. Julia war nach Köln gefahren, hatte mit ihrer Mutter in Kneipen gesessen, Rotwein getrunken, sie waren sich wie zwei Erwachsene begegnet, die sich einander aus ihrem Leben erzählten. Silke war dabei tabu. Als ob für einen Abend die Welt aufhörte, sich zu drehen, und es nur sie beide gäbe. Julia war danach immer erschöpft gewesen. Auf eigenartige Weise lähmte ihre Mutter sie. Auch wenn sie ihr zuredete, ihren Willen gegen ihren Vater durchzusetzen und Medizin zu studieren.

„Geh deinen eigenen Weg."

Es klang gut, es klang beruhigend, so beruhigend, dass Julia am liebsten die Augen geschlossen hätte und im Arm ihrer Mutter eingeschlafen wäre. In einem anderen Leben wieder aufgewacht, mit ihr an der Seite. Aber im entscheidenden Moment war sie dann allein gewesen. Es war ihr Vater, der ihr Studium finanzierte und zu viel verdiente: Sie konnte kein BAföG beantragen. Er füllte die Unterlagen für die Universität aus und schickte sie ab.

Während ihres Studiums hatte Julia ihre Mutter alle zwei Monate gesehen und später, als Julia in Berlin lebte, nicht öfter als ein- oder zweimal im Jahr. Manchmal hatte Sascha sie begleitet, nie waren sie Silke begegnet. Erst als die Mutter ins Krankenhaus eingeliefert wurde, hatten sich die Halbschwestern im Flur vor dem Eingang zur Intensivstation getroffen. Keine der beiden hatte geahnt, dass Ulrike Stöhr sich im Alter von fünfundsechzig Jahren das Leben nehmen wollte.

*

„Ich habe einen Mann aufgegeben, der mich auf Händen tragen würde, wenn ich ihn ließe, der mir für den Rest meines Lebens den Strom bezahlt und noch dazu sämtliche Zahnarztrechnungen erspart hätte. Einen, der mir nicht unangenehm war und mit dem mir Sex nicht zuwider geworden wäre, wenn ich nicht die Lust auf meinen eigenen Körper wiederentdeckt hätte. Ich dachte, sie wäre für immer versickert und mit ihr der Traum vom großen Glück. Bis ich dich von hinten im Regen stehen sah. Ich weiß, dass sich das anhört wie Hollywood, aber ich wusste vom ersten Moment an, dass du mein Leben verändern würdest. Dass es nichts nützen würde, mich dagegen zu wehren, dass dieses spontane Bedürfnis, dich unter meinen Schirm zu nehmen, eine Geste des Ergebens war.

Ich habe Berts Spuren mit ernsthafter Gründlichkeit beseitigt, seine Sachen in eine große Reisetasche gepackt und in den Flur gestellt. Ich werde sie ihm bringen, wenn er in der Praxis ist, bevor er auf die Idee kommt, sie zu holen. Ich will ihm nicht begegnen, habe ein schlechtes Gewissen, fürchte mich vor seinen flehenden Augen. Was soll ich ihm sagen? Dass ich ihn wegen einer Frau verlassen habe? Ist das so? Du hast mich nie darum gebeten. Es war mein eigener Wunsch, mir den Fluchtweg abzuschneiden. Nägel mit Köpfen zu machen. Wenn schon, denn schon. Keine Kompromisse. Augen zu und durch. Nichts wird jemals wieder wie früher sein, hast du am Morgen nach der ersten Nacht gesagt, und ich wollte nicht dahinter zurückstehen.

Ich weiß nicht viel von Julia. Bei ihrem Namen muss ich nur immer an die Mädchenbücher von Enid Blyton denken, die ich als Teenager ein ums andere Mal gelesen habe.

Die Julias waren Töchter wohlhabender Familien, deren Mütter Wichtigeres zu tun hatten, als ihren Nachwuchs zu bekochen. Meistens trugen sie Zahnspangen, um sich später besser durch ein erfolgreiches Leben zu beißen. Es verstand sich von selbst, dass eines Tages aus dem hässlichen Entlein ein schöner Schwan werden würde, aus den mit Draht verunstalteten Zähnen verführerische Münder. Hat Julia einen verführerischen Mund? Würde sie nicht viel besser zu einem Zahnarzt passen?
Entschuldige, ich bin gemein. Doch dein Versuch, mich zu beruhigen, hat das Gegenteil bewirkt. Auseinandergelebt hättet ihr euch und eine tolle Bettgeschichte sei es schon lange nicht mehr. Warum seid ihr dann noch zusammen? Aus Gewohnheit? Wozu? Was brauchst du von ihr?
Ich frage mich, ob Lust unausweichlich in Langeweile endet, ob es auf den Grad der Leidenschaft ankommt oder die Kunst, die Glut nicht verlöschen zu lassen, um das Feuer immer wieder zu entfachen. Wäre es möglich, einander in zehn Jahren noch so zu wollen, wie wir es jetzt tun? Ist der Preis dafür die verschwiegene Einsamkeit, aus der heraus wir uns suchen? Brauchen wir Fremdheit, um Nähe herzustellen? Flamenco-Passion: Das ewige Spiel des Nicht-mit-dir-und-nicht-ohne-dich. Die Bezwingung von Stolz und Furcht im Liebesakt. Vielleicht gibt es ja wirklich keine Liebe, sondern nur die Angst vor dem Tod."

*

Yves kaut lustlos an einem Fischbrötchen, Bert gräbt mit seinen Füßen tiefe Furchen in den Sand. Zwei Männer mit hängenden Schultern an der trüben Ostsee.

„Hast du eigentlich alles geregelt für den Fall deines Todes?“, fragt Yves plötzlich.

„Ich habe eine Lebensversicherung.“

„Was nützt die, wenn du tot bist?

„Mir gar nichts. Aber demjenigen, der mich unter die Erde bringt.“

„Und wer ist der Glückliche?“

„Meine Freundin.“

„Immer die, die gerade dran ist?“

„Ich wechsle meine Freundinnen nicht so oft, wie du denkst.“

„Ich denke gar nicht, dass du deine Freundinnen oft wechselst. Aber immerhin bist du nicht verheiratet und gerade verlassen worden.“

Bert behält für sich, dass es nicht das erste Mal war, dass er derjenige ist, der zurückbleibt.

„Hast du ein Testament gemacht?“, fragt er Yves.

„Ja. Damit die Perlen nicht vor die Säue gehen.“

„Beglückst du deine Familie?“

„Nein, die Aids-Hilfe.“

„Warum gerade die Aids-Hilfe?“

Die Frage schwebt über ihnen und blinkt rot. Sie ist unerlaubt, überschreitet jene Grenze, die zwischen guten und weniger guten Freunden unterscheidet. Bert denkt an die Plastikhandschuhe, die er sich vor jeder Behandlung überstreift. Er könnte sich leicht infizieren. Abrutschen, eine Verletzung mit dem Bohrer, offene Wunden, er geht auf Nummer sicher. Außer gestern, als er mitten hinein

in fremdes Blut griff, ohne nachzudenken. Unwillkürlich fällt sein Blick auf seine Finger. Dann auf Yves.
„Weil darum“, antwortet er.
„Hast du gestern aufgepasst? Mit dem Blut, meine ich.“
Yves schüttelt den Kopf: „Aufpassen ist nicht gerade meine Stärke.“
Bert formt Daumen und Zeigefinger zu zwei Kreisen und hält sie wie eine Brille vor die Augen. Am Horizont fährt ein Schiff von links nach rechts.
„Wie heißen die Leute, die daran verdienen, wenn man stirbt?“
„Aasgeier?“
„Nein“, lacht Bert. „Ich meine die, denen man die Lebensversicherung auszahlt oder die dein Sparbuch bekommen.“
„Bezugsberechtigte?“
„Nein, aber so ähnlich.“
„Begünstigte?“
„Ja, genau, Begünstigte.“
„Wieso?“
„Nur so“, antwortet Bert und beschließt, gleich am Montag bei der Versicherung anzurufen. Und bei der Bank.
„Wäre es ein Problem, wenn ich HIV-positiv wäre?“, fragt Yves.
„Für mich?“
„Ja.“
„Nein.“
„Es wäre dir egal?“
„Es täte mir leid.“
„Aber auch nur, weil ich nicht der Neue von Hanna bin. Sonst würdest du mir die Pest an den Hals wünschen!“
Yves grinst, schubst Bert, der sich gerade aufrichten will, in den Sand und läuft davon. Bert springt auf, rennt ihm hinterher.

„Na warte!“
Ihre Schritte wirbeln Sand auf und hinterlassen große Mulden. Fangen spielende Elefanten. Später liegen sie keuchend in den Dünen, über ihnen kämpft die Sonne mit schweren, dunkelgrauen Wolken um den Himmel.
„Schon komisch, das alles“, sagt Yves.
Bert greift mit beiden Händen in den kühlen Sand.
„Komisch, ja.“

*

Julia begrüßt Silke mit den Worten: „Ich muss mich bei dir entschuldigen."
„Wofür?"
„Ich habe die Situation wirklich unterschätzt."
„Du meinst Mutter?" Silke setzt sich an den Tisch mit der rot karierten Tischdecke, hängt ihre Jacke über die Stuhllehne, kramt ein Päckchen Zigaretten hervor und zündet sich eine an.
Julia nickt und deutet fragend auf das Päckchen vor ihr. „Darf ich?"
„Bedien dich. Einer der letzten Läden, wo man noch in Ruhe eine rauchen kann. Ab Juli ist es damit auch vorbei." Sie klappt die Speisekarte kurz auf und dann wieder zu. „Ich esse sowieso immer das Gleiche. Weißt du schon, was du nimmst?"
„Nein. Würde es dich stören, wenn ich einfach dasselbe bestelle?"
„Anflug schwesterlicher Solidarität?" Silke runzelt die Stirn.
„Erschöpfung", antwortet Julia wahrheitsgemäß. „Aber wäre es so schlimm, wenn wir uns zusammentun würden?"
„Ungewohnt."
Der Kellner kommt und Silke bestellt Salat und Pizza für beide.
„Wein?"
Julia nickt und Silke sucht einen trockenen Roten aus.
„Bist du öfter hier?"
„Fast immer, nachdem ich Mutter besucht habe. Also in letzter Zeit fast täglich."
„Und du isst immer eine Pizza mit Meeresfrüchten?"

„Jedes Mal. Mir geht es dann wie dir heute. Ich bin viel zu fertig, mir etwas anderes zu überlegen." Zum ersten Mal lächelt Silke freundlich. „Sie ist anstrengend, was?"
„Unser Verhältnis ist anstrengend."
„Ihr streitet euch?", fragt Silke erstaunt.
„Ich streite mich. Mit mir selbst in Gedanken. Und ich stelle fest, dass ich nachtragender bin, als ich dachte."
„Kein Wunder."
„Wie meinst du das?"
„Sie hat dich damals eiskalt abserviert. Wenn ich du wäre, hätte ich sie schon lange in die Wüste geschickt. Wenn nicht Schlimmeres."
„Ich war nie wirklich böse auf sie."
„Natürlich warst du böse auf sie. Du hast es nur nicht zugegeben. Dann wäre sie vielleicht nie wiedergekommen. Und als sie schließlich wieder auftauchte, mit mir im Gepäck, hattest du Angst, sie könnte wieder fortgehen."
Julia sieht die zehn Jahre jüngere Frau lange an. Plötzlich wird ihr bewusst, wie gut Silke aussieht. Dass sie ihr sicher aufgefallen wäre, wenn sie sich unter anderen Umständen kennengelernt hätten.
„Woher willst du das alles wissen? Du kennst mich doch gar nicht."
„Ich unterrichte Kinder, die in dem Alter sind, in dem du warst, als sie dich verlassen hat. Nichts geht spurlos an ihnen vorbei. Alles gräbt sich in ihre unfertigen Gesichter, auch wenn sie es nicht zeigen wollen." Silke dreht das Ende der brennenden Zigarette im Aschenbecher. „Ich habe oft darüber nachgedacht, wie es wohl für dich gewesen sein muss. Warum du Mutter nicht hasst für das, was sie dir angetan hat. Und ob du sauer auf mich warst, als du von mir erfahren hast. Warum du mich nie kennenlernen wolltest."

„Mutter hat gesagt, du wolltest nicht“, erwidert Julia erstaunt.
„Das hat sie mir auch gesagt.“
Der Kellner kommt mit dem Wein und gießt die Gläser halb voll.
„Auf unsere Mutter?“, fragt Silke.
Julia zögert, nimmt das Weinglas in beide Hände, blickt über den Rand in ihre Augen: „Auf uns?“
„Hoffen wir, dass es uns nicht auf den Magen schlägt“, antwortet Silke.
Sie stoßen so vorsichtig an, als könnten die Gläser in ihren Händen zerbrechen.
„Pathétique.“
„Oui, c’est vrai.“
Silke stutzt. „Tu parles français?“
„Un petit peu. J’ai étudié en Suisse.“
„Das hatte ich vergessen. Du warst ja die Reichere von uns beiden. Darum habe ich dich beneidet, als ich zwölf war. Dass du auf ein Internat gehen durftest. Ich wäre wahnsinnig gern auf ein Internat gegangen! Jedenfalls lieber als auf die Gesamtschule in Köln!“
Julia lacht. „Ehrlich gesagt glaube ich auch, dass ich es damit besser getroffen habe als du. Die Zeit im Internat war ziemlich gut. Sehr klassisch und streng, aber nie langweilig. Im Winter Ski fahren, im Sommer Tennis spielen, nur die Sache mit dem Zweibettzimmer fand ich schwierig. Bis Sigrid kam.“
„Deine erste große Liebe?“ Silke grinst. Es ist das erste Mal, dass sie darüber sprechen.
„Wenn du so willst, ja.“ Dünnes Eis. Julia weiß nicht, wie weit sie sich vorwagen kann. Die Unbefangenheit der letzten Viertelstunde ist wie weggeblasen. Wieso traut sie ihr plötzlich?

Silke scheint ihre Unsicherheit zu spüren. „Zu persönlich? Entschuldige. Ich bin einfach schrecklich neugierig, was dich betrifft."

„Was mich betrifft? Wieso?", fragt Julia alarmiert.

„Du bist meine große Schwester, erinnerst du dich? Und große Schwestern sind interessant. Vorbilder. Unerreichbar. Traumfrauen, wenn du so willst."

Julia ist froh, dass der Kellner mit dem Essen kommt. Sie ist verwirrt. Sie wollte eigentlich mit Silke besprechen, wie es mit ihrer Mutter weitergehen soll. Ihr sagen, dass sie einverstanden ist, ein Pflegeheim zu suchen, bereit, den Hauptanteil daran zu übernehmen, und dass es sicher besser wäre, wenn ihre Mutter in ihrer alten Umgebung bliebe. Dann hatte sich das Gespräch in eine ganz andere Richtung entwickelt. Silke psychologisierte sie und nun sollte Julia auch noch eine Rolle in ihrem Leben gespielt haben. Die Mutter, von der sie dachte, sie retten zu müssen, war ihr abhanden gekommen, an ihre Stelle war eine Schwester getreten, die sie nie haben wollte. Oder stimmte das gar nicht? Hatte es nicht eine Zeit gegeben, in der sie ihrer Mutter Löcher in den Bauch gefragt hatte? Wie oft hatte sie gebettelt, Silke bloß einmal von Weitem sehen zu dürfen: Mama bitte, nur einmal in echt!

„Was denkst du?", fragt Silke kauend, die sich hungrig über den Salat hermacht.

„Dass es gut ist, hier mit dir zu sitzen und zu reden."

„Wenn du zwischendurch isst, wird es noch besser. Ich war nämlich in den WGs immer die Kleinste und musste zusehen, wie ich satt wurde, bevor mir die anderen alles weggegessen haben. Also sieh zu, dass du etwas abbekommst!"

Julia muss lachen. Und verspürt mit einem Mal großen Hunger.

*

„Damit habe ich nicht gerechnet. Nicht mit einem solchen Bekenntnis. Dass du mich sehen musst. Wann und wo ich will. Das klingt, als ob du mich wirklich vermissen würdest, wenn wir einen Mittwoch auslassen. Als ob ich mehr für dich wäre als ein liebgewonnenes Verhältnis, für das du deine Beziehung nicht aufs Spiel setzen wirst.
Wenn ich das glaube, wenn ich mich all meinen Schutzbarrieren zum Trotz darauf einlasse, dann riskiere ich den großen Fall. Ich kann mir nicht vorstellen, dass ich dir so wichtig bin, ich wüsste nicht, warum. Und doch ist es das, was ich mir am meisten wünsche. Dass du dich nach mir verzehrst, keinen Tag ohne mich sein kannst, dass du ununterbrochen an mich denken musst. Ich will, dass du fühlst wie ich, und das ist unverschämt und egozentrisch. Aber ich weiß nicht, wohin mit meiner Sehnsucht nach dir. Zähle die Tage, die Stunden, bis ich dich wiedersehe und atmen kann. Und bin es doch, die uns aus purem Stolz hinauszögert.
Wie einfach es wäre, dich in drei Tagen in die Arme zu schließen, weiterzumachen wie bisher. Von Mittwoch zu Mittwoch zu leben. Aber der Mittwoch reicht mir nicht. Ist das nicht fürchterlich grenzüberschreitend und besitzergreifend? Oder passiert mir nur, was allen irgendwann einmal passiert? Ist es in Ordnung und gehört zu dem eigenartigen Verlangen, das sich im Körper als Unruhe ausbreitet und nur durch Berührung gestillt werden kann? Ich weiß es nicht und ich würde dich so gerne fragen. Doch du würdest mich nur umarmen, mir die Worte von den Lippen küssen und sagen: Mach dir nicht so viele Gedanken, Liebling. Ich mache mir aber Gedanken. Oder besser gesagt: die Gedanken machen mich verrückt."

*

Bert und Yves fahren am Sonntagnachmittag nach Berlin zurück. An der Unfallstelle ist nichts mehr von der Katastrophe zu sehen.
„Glaubst du, das Baby wird überleben?", fragt Yves leise, als sie vorbei sind.
„Der menschliche Körper hält eine Menge aus."
„Und der andere: Stell dir vor, du wachst im Krankenhaus auf und man sagt dir, alle deine Freunde sind tot!"
Bert starrt auf die Straße. Freunde? Er bekäme kein Auto voll.
„Woher weißt du, dass es Freunde waren?"
„Sie sahen so aus. Sie waren gut drauf, hatten Spaß. Bestimmt hatten sie den Ausflug lange geplant."
„Wieso?"
„Weil es nicht so einfach ist, einen Termin zu finden, an dem vier Leute gleichzeitig Zeit haben. Darum muss man sich bemühen."
Yves sagt das, als wäre es das Selbstverständlichste der Welt. Als träfen sich immerzu und überall Menschen, um Zeit miteinander zu verbringen. Als wären Gott und die Welt miteinander befreundet. Ist das so? Und warum ist es dann bei ihm nicht so? Ist er verhaltensgestört?
„Was denkst du?", fragt Yves.
„Warum ich keine Freunde habe." Er sagt es einfach so dahin. Ein Satz, wie er im Buch steht. Eine Kinderfrage. Auf die seine Mutter eine Antwort gewusst hätte: „Daran bist du selber schuld."
Yves lacht. „Aber das stimmt doch gar nicht."
„Woher willst du das denn wissen? Du kennst mich doch gar nicht." Er hasst es, ausgelacht zu werden. Ausgelacht

zu werden, ist das Schlimmste. Seine Stimme zittert. Jetzt nur nicht weich werden.
„Nein“, erwidert Yves. „Aber ich bin dein Freund.“
Er sieht zu Bert hinüber, der die Augen nicht von der Straße lässt. Dieser Mann ist ihm ein Rätsel. Er kann seine Reaktionen nicht einschätzen. Wenn er denkt, ihm ein Stück näher gekommen zu sein, verschwindet er binnen Sekunden wieder hinter sich selbst. Wenn er meint, er sei ihm zu nah gekommen, geht Bert noch einen Schritt auf ihn zu. Und jetzt das Geständnis, keine Freunde zu haben. Ist er tatsächlich so unsicher, wie es den Anschein hat? Oder ist es eine Masche? Den verwundeten, einsamen Wolf zu spielen. Aber wozu? Bert will doch nichts von ihm. Außer ein wenig Ablenkung von seinem Liebeskummer. Yves kennt das, allerdings auf völlig andere Weise. Hier geht es nicht um Sex. Es geht um etwas anderes, das er nicht fassen kann, das ihm gefällt und Angst macht, denn es ist etwas ganz und gar Unberechenbares.
„Ich weiß gar nicht, wie das geht“, sagt Bert plötzlich, verwundert darüber, dass er es nicht dabei belassen kann.
„Was?“
„Freundschaft.“
„Wer hat dir denn den Schwachsinn eingeredet?“
„Niemand. Ist einfach so“, antwortet Bert trotzig.
„Ich finde, du machst es ganz gut.“ Yves grinst. „Ich meine, mein erstes Wochenende mit dir war alles andere als langweilig!“
„Meinst du, ich hatte das so geplant?“
„Nein, das meine ich natürlich nicht. Ich meine, dass es Spaß macht, mit dir zusammen zu sein.“ Er betrachtet sein Profil im Außenspiegel. „Ich hatte lange nicht mehr so ein nettes Wochenende.“
„Nett?“ Bert verzieht das Gesicht zu einer Grimasse.

„Na ja, nett ist vielleicht bei so viel Tragik das falsche Wort“, gibt Yves zu. „Ich habe lange nicht mehr so wenig über mich und mein Leben nachgedacht. Das ist gut.“
„Wieso ist es gut, nicht über sich und sein Leben nachzudenken?“
„Weil es davon ablenkt, was wirklich um dich herum geschieht. Immer nur den eigenen Film im Kopf zu haben ist doch schrecklich. Ich lasse ständig alles im Kopf ablaufen, bin immer mit der inneren Kamera dabei.“
„Tun wir das nicht alle mehr oder weniger?“
„Das ist ja das Problem. Und ich gehöre eindeutig zur Mehr-Kategorie.“
Während er den Wagen von der Landstraße auf die Autobahn lenkt, überlegt Bert, ob er viel oder wenig über sich selbst nachdenkt. Worüber er überhaupt nachdenkt und wie oft. Die Tatsache, dass er sich darauf nicht sofort eine Antwort geben kann, lässt ihn vermuten, zur zweiten Kategorie zu gehören.
„Hast du Lust, in Berlin noch etwas essen zu gehen?“
Bert nickt. Erst jetzt fällt ihm ein, dass sie sich bald trennen werden. Dass nichts und niemand auf ihn wartet.

*

Ulrike Stöhr hat einen Kuchen gebacken, die Wohnung soweit es ging aufgeräumt und den Tisch im Wohnzimmer gedeckt. Der Kaffee wartet schon seit einer Stunde in der Thermoskanne auf Julia.
Besser, ich koche ihn jetzt, solange ich noch klar im Kopf bin.
Bereits beim Aufwachen spürt sie, ob es ein guter oder ein schlechter Tag werden wird. Gute Tage muss sie ausnutzen. Tun, was sie noch tun muss. Zum Beispiel ihrer Ältesten zeigen, dass sie sich über ihren Besuch freut. Wirklich freut. Sie darf gar nicht daran denken, wie sehr sie sich in den letzten Tagen danebenbenommen haben könnte. An den gestrigen kann sie sich nur bruchstückhaft erinnern, weiß nicht, ob Julia hier gewesen ist. Aber bestimmt war sie das, denn deshalb ist sie ja nach Köln gekommen, oder? Und um mit Silke zu reden. Ihre Töchter wollen sie in ein Heim schicken. Sie versteht das. Sie haben recht, so kann es nicht weitergehen, aber ein Heim ist nicht das Beste.
Seit sie weiß, in welchen Schritten sie zielsicher auf das große Vergessen zugeht, hortet sie mehr Tabletten, als sie brauchen wird. Das, was da im Schrank in der Spiele-Kiste unter dem Mensch-ärgere-dich-nicht-Brett liegt, reicht, um ein Pferd umzubringen. Dass die Tabletten dort liegen, hat sie sich verschlüsselt aufgeschrieben. Falls sie sich nicht mehr erinnern sollte, wenn es darauf ankommt. Und sollte sie das auch vergessen, hat sie einen Notfallzettel in ihrer Handtasche versteckt. Wo sie den Eingang zum Labyrinth hinaus findet. Das nächste Mal wird sie es besser machen. Nicht wieder im Krankenhaus aufwachen und das Geschwätz der Ärzte und Psychologen über sich ergehen lassen. Sie hat damals nicht wirklich nachgedacht. Wie so oft.

Viertel vor drei. Die Zeit, in der sie klar denken kann, vergeht so schnell. Als ob die Vernunft nur ein kurzes Gastspiel gäbe, eine Vorstellung pro Tag, dann fällt der Vorhang und alles ist dunkel. Jedenfalls für alles im Umkreis von Heute und Gestern. Dafür sieht sie das Vorgestern immer deutlicher vor sich.

Ihre strenge Mutter mit dem Dutt und dem grauen Kostüm, die nie ein Lachen übrighatte. Ihr fremder Vater, der nur am Wochenende nach Hause kam, immer schmutzige Fingernägel hatte und dessen raue Hände sie manchmal in die Luft hoben. Frau Becker, die Lehrerin, die sagte, sie sei das klügste Mädchen in der ersten Klasse, doch dann war die Schule ausgebombt und Schutt lag auf den Schulbänken. Sie spielten in den Trümmern, bis auch die Nachbarskinder verschwanden. Es blieben die Hunde und Katzen auf den Straßen, alle anderen saßen im Bunker. Der Krieg. Den Geruch von Angst und Schweiß wird sie niemals vergessen. Der Brief, den die Mutter nicht öffnen wollte, weil er sie zur Witwe machte. Die fünfziger Jahre, die Lehre als Schneiderin, um Geld dazuzuverdienen, die Kriegsrente reichte nicht für vier hungrige Münder. Die Brüder gingen aufs Gymnasium, die Mutter wagte sich kaum mehr aus dem Haus.

Samstags zum Tanzen. Rock'n Roll und Zigaretten, Elvis und Harald. Sie hatte ihn gemocht, den Aufschneider und Angeber, den Motorradfahrer und Schürzenjäger. Dass er ausgerechnet sie wollte! Mit neunzehn die Hochzeit, mit zwanzig seine Bürokraft, die schwere Schreibmaschine, auf die man hacken musste, dass einem die Finger wehtaten, und bei jedem Fehler alles noch einmal von vorn. Mit fünfundzwanzig schwanger. Julia. Ein winziges Wunder. Waschen, kochen, bügeln, putzen. Die Müdigkeit, das Gefühl, das eigene Leben zu verpassen. Die Chance hieß

Lehrgänge. Abendschule. Pauken, wenn alle schliefen. Am Anfang war Harald stolz gewesen. Seine moderne Frau. Tupperware und Mittlere Reife. Und dann: Möchte wissen, wozu du das brauchst? Neumodischer Quatsch! Gib dir lieber mehr Mühe mit den kalten Platten! Russische Eier, Kartoffelsalat, Herrentorte. Sonntagszigarren, *Asbach Uralt* und *Zinn 40*, betrunkene Geschäftspartner. Berge von schmutzigem Geschirr. Danach Vokabeln lernen. Matheaufgaben lösen. Kopfschmerzen. Immer diese rasenden Kopfschmerzen. Drei lange Jahre. Aber sie schaffte es. Abitur, als Julia eingeschult wird. Streit. Studieren? Kommt überhaupt nicht in Frage! Ich lasse mir doch in meinem eigenen Haus nicht auf der Nase herumtanzen! Zwing mich nicht ... Die erste Ohrfeige. Seine Finger flammend heiß, unauslöschlich in ihrem Gedächtnis eingegraben. Der Anfang vom Ende.
Sie geht heimlich zur Universität. Nur ein paar Stunden, wenn Julia in der Schule ist. Harald findet es heraus. Der große Streit: Rabenmutter! Sie lässt sich nicht hindern. Schließt sich nachts ein. Verliebt sich in Klaus. Die ersten Küsse im Seminarraum, lange Haare, freie Liebe. Komm, wir fangen ganz neu an. Ganz neu. Ganz allein. Und Julia? Holen wir nach. Wenn du erst einmal geschieden bist. Versprechungen, falsche Hoffnungen. Sie ist schwanger, Silke kommt, Julia geht: Sie verliert das Sorgerecht, schuldig geschieden. Ehebruch. Hausverbot. Ich bring dich um, wenn du ihr zu nahe kommst, du Schlampe! Wie soll man das einem Kind erklären?
Es klingelt. Ulrike Stöhr sieht auf die Uhr. Punkt drei, das ist Julia. Ihr Herz klopft, im Flur streicht sie noch schnell ihren Pullover glatt. Wenn sie könnte, würde sie die Zeit zurückdrehen. Alles besser machen. Jetzt, wo sie Bescheid weiß, jetzt, wo sie alt ist. Jetzt, wo alles zu spät ist.

*

„Ich habe schon kurz nach dem Aufwachen gewusst, dass ich es tun würde, mein innerer Drang stärker wäre als jede Vernunft. Ich musste meine unstillbare Neugier befriedigen und der Hilflosigkeit ein Ende setzen. Niemals habe ich einen Menschen besitzen wollen. Wenn ich zu wenig bekam, bin ich gegangen, wenn es mir zu viel wurde, auch. Ich kann dir nicht erklären, wieso es mit dir anders ist.

Ich habe meine Eifersucht einfach nicht mehr ausgehalten. Konnte nicht mehr tatenlos mit ansehen, wie sich in meiner Fantasie eine andere Frau zwischen uns schiebt. Ich musste Julia mit eigenen Augen sehen, sie entzaubern. Zuerst habe ich den Termin mehr zum Spaß gemacht, um mir zu beweisen, dass ich alles unter Kontrolle habe, im Vorteil bin, weil ich von ihr weiß. Doch schon vor dem Kleiderschrank wurde aus dem Spiel Ernst. Ich merkte, wie wichtig es mir war, einen guten Eindruck bei deiner Freundin zu hinterlassen. Als ob ich zu einer Prüfung ginge. Was sollte ich anziehen, ohne mein Gesicht zu verlieren? Meine Blusen, Hemden und Hosen sind unmodern, an vielen Stellen ist der Stoff ausgedünnt, abgetragen. Bisher hat mir das nie viel ausgemacht, doch heute Morgen, bei meinem Anblick im Spiegel, hätte ich heulen können, so schäbig kam ich mir vor.

Du kennst mich fast nur nackt oder im Bademantel. Du weißt nicht, dass ich zu den Auftritten immer denselben schwarzen Hosenanzug abwechselnd mit einer roten oder blauen Bluse trage. Zu Hause und beim Unterrichten sehe ich immer gleich aus: Über einem T-Shirt eine Strickjacke und eine ausgebeulte Jeans. So habe ich schließlich auch heute Morgen die Wohnung verlassen. Wie immer,

als ginge ich zum Einkaufen um die Ecke und nicht zur ersten Finanzberatung meines Lebens.
Ihr Büro war leicht zu finden, immerhin weisen blinkende Messingschilder am Eingang des Gebäudes darauf hin. Ich stellte mir vor, wie Julia zum ersten Mal den Aufzug genommen haben würde, zum Vorstellungsgespräch, kurz nachdem sie sich aus deiner Umarmung gelöst hätte, womöglich so verliebt, wie ich es heute bin.
Ich hatte ein weniger nobles Unternehmen erwartet, obwohl auf der Internetseite der Empfangsraum abgebildet war, in dem ich in einem teuren Ledersessel auf Julia wartete. Ich war nervös, lehnte den Kaffee ab, aus Angst, ihn vor Aufregung zu verschütten. Flecken auf dem hellen Teppich zu hinterlassen.
Bevor ich mich entscheiden konnte, ob mir die riesigen bunten Ölgemälde an den Wänden gefallen oder nicht, öffnete sich eine der schweren Holztüren und sie stand erwartungsvoll im Türrahmen. Ich habe sie sofort erkannt, auch wenn sie kaum Ähnlichkeit mit dem Foto hatte. Julia sieht gut aus. So, wie eine erfolgreiche Finanzberaterin wohl aussehen muss: tadellose Erscheinung, makelloses Lächeln. Falls sie jemals eine Zahnspange hatte, hat sie gute Dienste geleistet. Alles an deiner Freundin ist perfekt. Auch die Geste, mit der sie mich hereinbat, der Händedruck zur Begrüßung und das professionelle Nicken während der Vorstellung. Je länger sie mir gegenübersaß, umso mehr kam ich mir vor wie Aschenputtel ohne Aussicht auf Erlösung.
Ich dachte: Wenn du nun zur Tür hineinkämst und dich entscheiden müsstest, mit wem du den Rest des Tages verbringen wolltest, welche von uns beiden würdest du vorziehen? Eine gut aussehende Karrierefrau, mit der du dich überall sehen lassen kannst, oder eine mittellose Künstlerin, die du nur hinter verschlossener Tür liebst?

Ich hätte nicht gedacht, dass Julia es schaffen würde, mich wirklich zu beraten. Sie ist zugegebenermaßen ein Profi. Routiniert, kompetent, freundlich. Man wird ihr ohne Zögern ein Vermögen in die Hände legen. Oder den Auftrag geben, eines zu bilden. Sofern man das kann.
Ich war beschämt, als ich mein Jahreseinkommen nannte, obwohl sie nicht mit der Wimper zuckte. Wäre sie nicht deine Lebensgefährtin, hätte ich mir ihre Ratschläge vielleicht zu Herzen genommen. Würde nun versuchen, in Minimalbeträgen meine Rente aufzustocken. Fast habe ich über den Zahlen und Daten, die sie mir erläuterte, vergessen, wen ich vor mir hatte. Bis zu der Frage, ob ich allein lebe. In diesem Moment wusste ich wieder, wo ich aus welchem Grund gerade saß.
Ich sagte, dass ich locker liiert sei, und sie antwortete lächelnd, dass diese Beziehungsform den Staat und das Finanzamt leider nicht interessiere. Beinahe hätte ich gesagt: Aber dich vielleicht.
Doch du kamst mir zuvor. Julia schaute nach dem ersten Telefonklingeln kurz auf das Display, entschuldigte sich bei mir, nahm den Hörer ab und sprach mit dir.
Woher ich wusste, dass du es warst? An der Selbstverständlichkeit ihrer Stimme. An der Unerschrockenheit, dich auf später zu verschieben. Weil sie weiß, dass du auf sie wartest, bis sie Zeit für dich hat. Sie ist deine Partnerin, sie kann sich leisten, was ich nicht wage: Vor dir in jedem Moment sie selbst zu sein.
Deine unsichtbare Anwesenheit nahm mir fast die Luft zum Atmen. Natürlich bist du nicht kommunikationsgestört, nur mich rufst du nie an, hältst mich auf Distanz, um keine alltäglichen Vertraulichkeiten aufkommen zu lassen. Das Risiko, es könnte im falschen Leben klingeln, ist einfach zu groß.

Auch wenn ich genau spürte, dass ich mich in eure Intimsphäre hineinschmuggelte, war ich plötzlich wütend. Auf die Normalität, mit der du sie bei der Arbeit störst, auf all die Tage, an denen ich vergeblich auf einen Anruf von dir warte, auf mich, weil ich mich in diese entwürdigende Situation gebracht hatte.
Ich hätte es keine Minute länger mit Julia in einem Raum ausgehalten. Wenn ich geblieben wäre, hätte ich ihr sagen müssen: Hör zu, ich schlafe mit Sascha. Ich habe die Geheimnistuerei satt. Ich will, dass du es weißt, weil ich endlich existieren will. Ich lasse nicht länger zu, dass Sascha mich totschweigt.
Stattdessen habe ich geschwiegen. Gewartet, bis sie aufgelegt hatte, etwas von einem wichtigen Termin gestammelt und fluchtartig das Büro verlassen.
Julia hat sich ihre Überraschung nicht anmerken lassen. Mir souverän ihre Visitenkarte gereicht, versichert, dass ich sie jederzeit anrufen könne, um das Gespräch fortzusetzen. Doch schon im Aufzug habe ich das graue Rechteck zu Konfetti verarbeitet. So klein gerissen, bis kein zusammenhängendes Wort mehr darauf zu erkennen war. Erst als ich wieder auf der Straße im Regen stand, habe ich gemerkt, dass ich den Schirm vergessen hatte."

*

Zwischen zwei Patienten ruft er seine Mutter zurück. Es muss etwas passiert sein.
„Dein Vater ist tot."
„Na endlich."
„Herbert! Wie kannst du so etwas sagen?"
Der Rest des Telefonats beschränkt sich auf das Austauschen von Daten, Uhrzeiten und Floskeln. Die Beisetzung ist auf eine Woche später angesetzt.
„Wegen der Chemo. Zu viel Gift im Körper. Das verseucht das Grundwasser. Sie müssen ihn zuerst ausdünsten lassen", erklärt seine Mutter.
In der Nacht träumt er davon. Sein Vater liegt auf einer Wiese und Bert dreht über ihm in einem Flugzeug Kreise. Das Gesicht kann er nicht erkennen, obwohl sein Vater mit ausgebreiteten Armen auf dem Rücken liegt. Je tiefer er über ihn hinwegfliegt, umso nervöser blinkt im Cockpit das Zeichen für Radioaktivität auf: Nicht näher kommen!
Bert würde lieber zur Trauerfeier der unbekannten Unfallopfer fahren, mit ihnen fühlt er sich verbundener. Trotzdem setzt er sich eine Woche später frühmorgens in den Zug. Vier Stunden später sucht er in dem inzwischen modernisierten Bahnhof vergeblich nach dem kleinen Café, dem er seine Wissenslücken in Physik und Erdkunde verdankt. Auch die Imbissbude und der Buchladen mit dem Ansichtskartenständer vor der Tür sind verschwunden. Das Hotel Adler hat einen neuen Anstrich bekommen, gegenüber schmoren keine gegrillten Hähnchen im Fenster, an ihrer Stelle wurden blank polierte Regalbretter einer Vitamin- und Saftbar aufgehängt, in der man Sportgetränke zu sich nehmen kann. Die neuen Bushal-

testellen sehen aus, als müssten sie an einem städtischen Architekturwettbewerb teilnehmen, der keine Fahrpläne vorgesehen hat. Bert überquert den Bahnhofsvorplatz mit großen Schritten und lässt die Straßenbahn vorbeifahren. Der Friedhof liegt nicht an den Gleisen, er muss ein Taxi nehmen.
„Trauerfall?“, fragt der Taxifahrer mit Blick auf seinen dunklen Anzug und die schwarze Krawatte.
Bert nickt.
„Stand Ihnen nah?“
„Nicht besonders.“
„Na, dann geht's ja.“
Er ist zu früh. Außer ihm sind noch keine Trauergäste da. Die Tür zur Leichenhalle steht offen und er geht hinein. Der Sarg fehlt noch, das Friedhofspersonal richtet die Kerzen und der Blumenhändler legt die Kränze ab. Auf einer Schleife liest er: *Meinem geliebten Herbert, Mutti.* Der Spruch könnte ebenso gut ihm gelten und für einen Moment stellt er sich vor, auf seine eigene Beerdigung zu gehen, tot nach tragischem Unfall statt nach langer Krankheit. An seinem Grab seine Mutter, Hanna und Yves. Fassungslos. Der alte Traum, man könnte ihn am Ende vermissen.
„Sind Sie ein Angehöriger?“
„Ja, der Sohn.“
„Mein Beileid. Kommen Sie bitte mit.“
Er weiß zwar nicht wohin, aber er folgt dem mürrischen Männchen in den hinteren Teil der Halle, einen langen Gang entlang mit zugehängten Fenstern auf beiden Seiten.
„Warten Sie hier.“
Bert steht vor einer dunklen Scheibe, in der er sich im dumpfen gelben Licht gespenstisch spiegelt. Er geht ein

Stück näher an sein Spiegelbild heran, rückt sich den Schlips zurecht, fährt sich mit den Händen durch das zurückgekämmte Haar. Plötzlich, wie von Geisterhand bewegt, schießt der Vorhang zur Seite und vor ihm, in grellem Neonlicht, liegt sein Vater. Eine Mumie. Seine Haut ist ledern, er ähnelt Funden menschlicher Überreste, die neben Fachartikeln über die Evolution in Wissenschaftsmagazinen abgebildet sind. Klein, runzelig, in sich zusammengefallen und doch bedrohlich wie die Art giftiger Insekten, die zu schnell und zu wendig sind, um ihnen auszuweichen. Die unnatürlich gerade vor ihm liegende Figur ist der klägliche Rest des cholerischen Riesen, der ihn die Marmortreppe hochprügelte, auf das Bett stieß und mit dem hölzernen Kleiderbügel auf ihn einschlug, weil er seinen Turnbeutel im Schulbus vergessen hatte. Der ihn abends in den Keller sperrte, nicht ohne vorher die Sicherung herauszudrehen. Ihn im Dunkeln stehen ließ, bei den Asseln, Spinnen und Ratten, die er nicht sehen konnte, aber über den Boden kriechen hörte. Der ihm das Taschengeld in den Ferien strich, ihm die Saisonkarte für das städtische Schwimmbad zerriss, den Tank seines Mofas eintrat, der ihn vor seinen Saufkumpanen lächerlich machte und seine Mutter vor ihm demütigte. Ein Sadist. Ein Monster. Das in der Lage wäre, jetzt und hier aus der hölzernen Kiste emporzuschnellen, bloß um ihn zu erschrecken. Am liebsten ein Beil nehmen und ihn in Stücke hacken. Die Nadelstreifen auf dem Anzug, in dem er steckt, in kleine Striche zerhacken und dem Teufel die Arbeit erleichtern.

Bert dreht sich weg, kämpft gegen die Übelkeit, sucht den Weg nach draußen. Er stolpert über eine Stufe, die er im schummrigen Licht nicht sieht, und im selben Moment überfällt ihn die Panik. Und wenn er gar nicht tot ist?

Wenn er wieder aufsteht, ihm auflauert, ihn am Kragen packt, wie früher? Schon hört er seine Schritte, spürt seinen sauren Atem dicht hinter sich. Bert beginnt, schneller zu laufen, konzentriert sich auf das Licht am Ende des Gangs, denkt nichts, fühlt nichts, rennt nur. Die letzten Meter hinaus ins Freie, über den Kiesweg zum Ausgang, an dem Brunnen vorbei, zum Parkplatz, zur Straße, zurück ins Leben, geradewegs in die Arme seiner erschrockenen Mutter.

*

Julia ist nicht oft fassungslos. Aber Hannas Auftauchen hat sie aus dem Gleichgewicht gebracht.
Nachdem Julia aus Köln zurückkehrt war, checkte sie ihre E-Mails. Zwischen den üblichen Nachrichten zu laufenden Transaktionen, Geschäftsabschlüssen und Vertragsentwürfen erregte eine ihre Aufmerksamkeit. Zuerst dachte sie, jemand hätte sich einen Spaß erlaubt, dann aber zog sie die Möglichkeit in Betracht, dass die Anfrage durchaus ernst gemeint sein konnte. Eine freischaffende Musikerin bat sie um eine Beratung bezüglich ihrer Altersabsicherung. Sie beschloss, die Absage ihrer Sekretärin zu überlassen, die freundlich darauf hinweisen würde, dass Dr. Julia Rückert nur die Finanzberatung und das Coaching von mittleren und großen Firmen übernahm und keine Privatpersonen betreute. Sie würde sie an eine Kollegin verweisen. Damit machte sie sich nicht selbst lächerlich, falls es sich doch um einen Scherz handeln sollte. Aber von wem und wieso? Einem unguten Gefühl nachgebend hatte sie die E-Mail noch einmal vor dem Herunterfahren des Computers gelesen und war über die Adresse gestolpert. Wenn es die Initialen und das Geburtsdatum der Absenderin waren, stimmten sie nicht mit dem Namen unter der Nachricht überein, die mit Anna Böhm unterschrieben war. Benutzte jemand eine fremde E-Mail-Adresse? Hatte die Verfasserin keine eigene und schickte die Nachricht von einem fremden Account?
Julia konnte nicht aufhören, darüber nachzudenken, beim Zähneputzen schließlich beschlich sie ein Verdacht: Sollte das Kürzel HW für Hanna Wegener stehen und sie so dreist sein, unter falschem Namen in ihrem Büro auftauchen zu wollen? Vielleicht war der Zusammenhang weit hergeholt,

aber Julia glaubte nicht an Zufälle. Und sie bekam Angst. Wenn die E-Mail tatsächlich von Saschas Geliebter war, wer sagte, dass sie nicht in ihr Büro kommen wollte, um sie einzuschüchtern?

Unsinn, beruhigte sie sich, du liest zu viele Krimis.

Doch der Gedanke an eine Bedrohung hatte sich festgesetzt und sie musste herausfinden, wer die Unbekannte war. Noch in der Nacht antwortete sie per E-Mail:

Bitte rufen Sie mich morgen zwischen 11.00 und 11.30 Uhr in meinem Büro an, damit wir alles Weitere besprechen können. Mit freundlichen Grüßen, Dr. Julia Rückert

Am nächsten Tag hatte Anna Böhm sich tatsächlich gemeldet und sie vereinbarten für den nächsten Tag einen Termin. Bis morgen dann. Doch schon eine halbe Stunde später wählte Julia vom Handy ihres Kollegen noch einmal die Nummer, die auf ihrem Display erschienen war. Anna Böhm meldete sich nun mit richtigem Namen:

„Hanna Wegener, hallo?“

Julia legte auf und verbrachte den Rest des Tages damit zu überlegen, ob sie mit Sascha darüber reden sollte. Es würde ihrem Verhältnis entsprechen und Hanna den Wind aus den Segeln nehmen. Sie könnte ihre offene, gut funktionierende Beziehung einer Affäre gegenüberstellen, die Sascha hinterherspionierte. Aber Julia war sich nicht mehr so sicher, ob das Pendel der Waagschale tatsächlich so deutlich für sie ausschlagen würde. Außerdem war Sascha auf einer Tagung. Es gab keinen Grund, sie jetzt zu verstimmen. Sie würde es ihr später erzählen. Danach.

Hanna erschien pünktlich und nun weiß Julia, wie sie aussieht. Wie sie spricht, wenn sie aufgeregt ist, wie sie sich bewegt, wenn sie nervös ist, und was sie tut, wenn sie die Kontrolle verliert. Julia hat mitgespielt und selbst ein kleines Theaterstück inszeniert.

„Rufen Sie mich um 11.20 Uhr an“, bat sie ihre Sekretärin, „und sagen Sie nichts. Ich brauche Sie als stumme Gesprächspartnerin, Sie wissen schon.“
Alter Verhandlungstrick: Lass wichtige Verhandlungen von außen unterbrechen und bring die Gegenseite damit aus dem Konzept. Und Julia wusste genau, was Hanna aus dem Konzept bringen würde.
„Hallo! Nein, ich kann nicht vor fünf hier weg. Aber ich komme so früh wie möglich. Reservier doch schon mal einen Tisch. Aber natürlich. Versprochen. Bis später, ich freu mich auch!“
Kaum hatte Julia aufgelegt, stand Hanna auf und verließ das Büro überstürzt. So überstürzt, dass sie ihren Regenschirm vergaß. Jetzt steht er in Julias Flur, erinnert sie bei jedem Vorbeigehen an ihr Zusammentreffen. Aber sie kann ihn nicht wegnehmen. Er ist ihr Trophäe und Stachel zugleich.

*

„Auf dem Weg von Julias Büro nach Hause habe ich mir vorgestellt, wie ihr euch später in eurem Lieblingslokal trefft. Du wartest schon an einem gedeckten Tisch auf sie, stehst auf, wenn sie hereinkommt, um sie mit einer Umarmung zu begrüßen. Nach einem Aperitif bestellt ihr aus einer teuren Speisekarte, wonach euch gerade ist, es spielt keine Rolle, was es kostet und wer von euch beiden bezahlt.

Sprecht ihr über die Arbeit? Erzählt dir Julia am Ende, dass genau in dem Moment, als du sie angerufen hast, eine verrückte Musikerin vor ihr saß, die vergessen hat, sich um ihre Rente zu kümmern? Die auf einmal auf und davon ist, wie von der Tarantel gestochen?

Würdest du sofort wissen, dass ich es war? Obwohl ich einen falschen Namen benutzt habe? Du müsstest nur eins und eins zusammenzählen. Spätestens bei dem Schirm würdest du aufhorchen. Und wenn du ihn sehen würdest, wäre dir alles klar. Ja, ich habe schon wieder einen Fehler gemacht. Immerzu mache ich Fehler. Wenn ich zu viele E-Mails schreibe und wenn ich zu wenige versende. Wenn ich fordere und wenn ich stillhalte. Ich habe kein Gespür für die goldene Mitte, ich kann nur Entweder-oder.

Aber nein, eine professionelle Finanzberaterin wird ebenso wenig von ihren Kunden sprechen wie eine loyale Rechtsanwältin. Das gehört zu eurem Job, nicht wahr? Oder hört Loyalität auf, wenn Vertrautheit anfängt? Ist es dann nicht noch schlimmer, dass Julia nichts von mir weiß? Würde sie dich verlassen, wenn sie es wüsste? Habe ich einen Trumpf in der Hand? Und würde ich ihn ausspielen wollen?

Ach Sascha, ich komme mir so dumm vor, wenn ich mich reden höre. Ich weiß selbst nicht, was mit mir los ist.

Was ich eigentlich will. Dass du mir einen Heiratsantrag machst? Nach ein paar Wochen gutem Sex? Ja, eigentlich will ich genau das: die Einzige sein.
Wir haben darüber nur einmal geredet. Du hast dich sofort im Bett aufgesetzt, wie immer, wenn Worte zwischen uns kommen. Als ob dein nackter Körper bedrohlichen Sätzen physisch ausweichen müsste. Man wirft, hast du gesagt, nach so vielen Jahren nicht einfach eine Beziehung weg. Nicht in unserem Alter. Das braucht Zeit. Ich habe dir zugestimmt: Und deshalb läuft uns die Zeit davon.
Du hast bei meinen Worten bitter aufgelacht. Plötzlich warst du böse, vorwurfsvoll. Bist aufgestanden und hast dich angezogen. Mit dem Rücken zu mir geraucht. Es hat mich provoziert, dass du dich weggedreht hast. Mich im Bett hast sitzen lassen, nackt und ungeschützt. Nur deshalb habe ich nicht aufhören können, habe dich gefragt, ob es dir zu viel sei, diesen Fall zu verhandeln, ob wir die Anklage fallen lassen wollen, weil Vielweiberei ja nicht überall unter Strafe stünde. Musste immer weiter Öl ins Feuer gießen. Bis du leise, fast flehend gesagt hast: Hör auf. Gar nicht mehr wütend, nur unendlich traurig und müde.
Ich trinke zu viel. Die Flasche Rotwein ist fast leer. Einer meiner Gitarrenschüler hat sie mir mitgebracht. Er ist erst achtzehn und hat sie mit Sicherheit aus dem Weinkeller seiner Eltern genommen. Als er mir die Flasche überreichte, ist er rot geworden und wusste nicht, wohin mit sich. Wahrscheinlich hatte er gehofft, ich würde ihn auf ein Glas einladen, aber ich habe wie immer Wasser auf den Tisch gestellt. Ich wollte ihm keine falschen Hoffnungen machen. Ich weiß, wie sich das anfühlt: sich an Kleinigkeiten festzuhalten. Winzige Verhaltensweisen als Liebesbeweise zu deuten. War ich nicht genau deshalb

bei Julia? Weil ich wissen wollte, wie es um meine Hoffnungen steht?
Glaub mir, ich verabscheue mich selbst dafür, in deinem Leben gestöbert zu haben. Doch ich kann dir nicht einmal garantieren, es nicht wieder zu tun. Es gibt nur eine einzige Möglichkeit, uns beide davor zu bewahren: Rede mit mir."

*

„Herr Kugler, bitte."
Yves schaut auf und sieht die Frau in dem weißen Kittel erwartungsvoll lächeln. Er steht auf, hat weiche Knie, sicher lacht das ganze Wartezimmer über ihn. Flüchtig schaut er sich um, doch die anderen nehmen ihn gar nicht zur Kenntnis, blättern weiter gelangweilt in Zeitschriften.
Im Behandlungszimmer bittet ihn Berts Assistentin, in einem der beiden schwarzen Sessel vor dem gläsernen Schreibtisch zu warten.
Vor über zwanzig Jahren hatte er schon einmal in einem Behandlungszimmer gesessen und auf den Herrn Doktor gewartet.
„Es wird schon nicht so schlimm werden", hatte die Mutter gesagt, die ihn bis vor die Praxis begleitet hatte. „Du gehst zum besten Zahnarzt im Ort, sei froh, dass du nicht zu meinem gehst, der ist nämlich ganz und gar nicht zimperlich."
Er war alles andere als froh. Im Wartezimmer stand der gleiche Gummibaum wie zu Hause im Wohnzimmer. Die großen dunkelgrünen Blätter mit den unförmigen Löchern glänzten, weil seine Mutter sie samstags morgens mit einem Staubtuch abrieb, auf das sie zuvor *Pronto* gesprüht hatte. Damit wischte sie auch über die Glasplatte des runden Tischs und den Bildschirm des Fernsehapparats. Am Schluss setzte sie ihre Brille ab und putzte sie mit demselben Tuch.
Als die Arzthelferin seinen Namen aufrief, war er gerade dabei, zum zweiten Mal das einzige Micky-Maus-Heftchen zu lesen. Sie führte ihn in das Behandlungszimmer und half ihm, auf den hohen Stuhl zu klettern. Dann verschwand sie wieder und wenig später kam der beste

Zahnarzt des Ortes herein. Er nickte ihm brummend zu, drückte auf einen Knopf und der Stuhl klappte nach hinten. Mit breiten, fleischigen Fingern griff der Doktor in seinen Mund und betastete seine Zähne. Danach tätschelte er ihm die Wange und sagte:
„Jetzt geben wir dem kleinen Mann mal eine Spritze und dann merkt er gar nicht, wie wir ihm den schiefen Backenzahn ziehen."
Bevor er antworten konnte, hatte der Doktor Ober- und Unterkiefer auseinandergedrückt und mit einer Nadel in das Zahnfleisch gestochen. Es tat nicht wirklich weh. Mit seinen zehn Jahren hatte er schon ganz andere Verwundungen gehabt: Die Platzwunde am Kopf, als der Steinwurf eines Mitschülers ihn getroffen hatte, die Spritze in den Fuß, nachdem ihm der Nähkasten umgefallen und er barfuß in einen Haufen Stecknadeln getreten war, und schließlich der in der Haustür eingeklemmte Finger, der so dick wurde, dass er nicht in die Schule zu gehen brauchte. Er dachte daran, wie seine Mutter ihm kalte Umschläge gemacht und ihm in ihrer Mittagspause etwas zu essen gebracht hatte. Es war so etwas wie ein Feiertag gewesen und im folgenden Sommer hatte er sich nicht wenige Wunden zugefügt, um das Wunder so viel unverhoffter Aufmerksamkeit zu wiederholen.
All das ging dem Zehnjährigen durch den Kopf, während er auf dem Stuhl saß und ihn fröstelte. Draußen war es schon fast dunkel. Ihm war langweilig. Er spielte ein wenig mit dem silbernen Besteck auf dem kleinen Tisch, schaute sich in dem runden Spiegel an und schnitt Grimassen. Außer dem kleinen Stich in der Backe verspürte er nur große Müdigkeit. Er legte sich zurück und es dauerte nicht lange, bis er einschlief. Träumte von Raumschiffen und bewohnten Planeten, auf denen die Menschen

auf Händen liefen. Ein weiter Himmel, aus dem ein heller Stern ihn plötzlich blendete. Er erschrak, riss die Augen auf und blickte in das grelle Licht der Lampe über dem Behandlungsstuhl. Zwei schmale Hände mit dünnen Fingern hielten ihn von hinten an den Schultern fest, zwei breite Hände klappten seinen Mund auf und ein kaltes Metall legte sich auf die Zunge.

„Jetzt!"

Etwas Festes schlug an seine Zähne, machte in der hintersten Ecke seiner Backe kurz Halt und dann schoss auch schon ein bis dahin nie gekannter Schmerz von der Zahnwurzel ins Gehirn. Er fühlte ihn als spitzen metallenen Strahl, der durch den ganzen Köper fuhr, ihm Tränen in die Augen trieb, ihn mit ungeheuerlicher Kraft in einen rötlichen Abgrund zog. Er wollte schreien, doch aus seinem Hals kam nur ein undefinierbares Gurgeln und aus einem anderen eine ärgerliche Stimme:

„Nun stell dich nicht so an, du kannst doch gar nichts merken, es ist doch alles betäubt."

Währenddessen drehte der Zahnarzt ihm den Backenzahn aus dem Zahnfleisch und er starrte ungläubig und mit weit aufgerissenen Augen in sein Gesicht, das plötzlich mit einem Ruck vor seinen Augen verschwand. Kurz danach hielt der Doktor ihm triumphierend die Zange mit dem Zahn vor die Nase. Wieder tätschelte eine Hand seine Wange und instinktiv hielt er den Mund geschlossen. Die Schwester gab ihm ein Glas Wasser zum Ausspülen, er spuckte Blut, beim Hinausgehen schenkte man ihm ein Bonbon für später. Das er nicht essen würde, da war er sicher. Denn er hatte nicht vor, jemals wieder den Mund aufzumachen.

Yves schreckt aus seinen Gedanken auf, als Bert hereinkommt.

„Was kann ich für Sie tun, junger Mann?“, fragt er augenzwinkernd und geht mit ausgestreckter Hand auf Yves zu.
„Einen Cognac und einen Porsche, damit ich mich möglichst schnell aus dem Staub machen kann …“
„Angst?“
„Gar kein Ausdruck.“
„Na, dann zeigen wir mal, was wir können.“
Bert trägt eine elegante Krawatte und Yves fragt sich, ob er sie nur angelegt hat, weil er ihn erwartet hat.
„Bist du bei der Arbeit immer so schick?“
„Ich bemühe mich“, sagt Bert, bedeutet ihm mit einer Geste, sich auf den Behandlungsstuhl zu setzen, und ruft über die Sprechanlage seine Assistentin.
Langsam streift er sich die Handschuhe über, spreizt die Finger und setzt sich auf einen Hocker.
„Darf ich dich flachlegen?“, grinst er.
„Wenn es sich nicht vermeiden lässt“, antwortet Yves und versucht, ruhig zu bleiben.
Er weiß nicht, was er mehr fürchtet: dass Bert ihn berührt oder dass er es kaum erwarten kann.

*

Am Wochenende war Julia zu müde und in der ganzen darauffolgenden Woche hatte sie kaum eine ruhige Minute, um nachzudenken. Nur der Schirm im Flur erinnert sie beim Betreten und beim Verlassen ihrer Wohnung an Hanna. Sie wird ihn Sascha mitgeben, dann, wenn sie ihr endlich davon erzählt haben wird. Am nächsten Sonntag.

„Wollen wir uns zur Abwechslung mal wieder ein ruhiges Wochenende machen?“

„Am Sonntag kann ich nicht.“

„Musst du schon wieder arbeiten?“ Julia sieht von ihrem Kaffee auf. Es ist Donnerstag und seltsamerweise hat Sascha mit ihr gestern zu Abend gegessen und sie gefragt, ob sie nicht bei ihr übernachten wolle. Ihre Mittwochsverabredung ist wohl ausgefallen.

„Nein, ist privat.“

„Verstehe.“ Innerhalb von Sekunden ist ihre gute Laune wie weggeblasen. „Ein Nachholtermin? Ich dachte, ihr tut es nur mittwochs?“ Sie weiß, dass sie sich lächerlich macht, aber sie kann nicht anders. Sie fühlt sich betrogen. Um den gestrigen Abend, die gemeinsam verbrachte Nacht und das Frühstück. Lückenbüßerin, denkt sie.

„Führst du darüber Buch?“ Sascha springt an.

„Nein, dafür interessiert es mich zu wenig.“

„Wenn es dich nicht interessiert, verstehe ich nicht, warum es dich sonntags mehr stört als mittwochs.“

„Du hast doch überhaupt keine Ahnung, was mich stört.“ Julia steht auf und räumt ihr Frühstücksgedeck in die Spülmaschine.

„Dann erklärst du es mir vielleicht?“ Sascha sitzt immer noch mit verschränkten Armen am Tisch.

„Es ist doch völlig irrelevant, ob mich etwas stört, und wenn ja, was. Du tust doch sowieso, wonach dir gerade ist. Ob es mir passt oder nicht. Und zwar immer."
Julia läuft mit schnellen Schritten aus der Küche, zieht sich an, nimmt ihre Aktentasche unter den Arm und knallt die Haustür hinter sich zu. Sie wird zu Hause noch einen Kaffee trinken und den Tag noch einmal neu beginnen. Sie versucht sich einzureden, dass es ein Fehler war, bei Sascha zu übernachten, und dass sie Abstand voneinander brauchen. Treppabwärts nimmt sie zwei Stufen auf einmal, will die Wohnung, das Haus so schnell wie möglich hinter sich lassen, doch schon als sie im Erdgeschoss ankommt, ist die Wut dem Gefühl gewichen, so nicht gehen zu können. Sie ist gekränkt, verletzt, verunsichert, aber sie kann Sascha einfach nicht als Gegnerin betrachten. Sie hält Streit mit ihr nicht lange aus. Als ob ihr eigenes Gleichgewicht gestört wäre, wenn zwischen ihnen nicht alles in Ordnung ist.
Vor der Haustür dreht Julia sich um und geht langsam wieder zurück, die Treppen nach oben. Atmet einmal durch, klingelt. Sascha öffnet die Tür und lächelt.
„Wie schön, ich wollte gerade frischen Kaffee kochen. Trinkst du noch einen mit?"
Sie umarmen sich. Alles um sie herum wankt und sie halten sich aneinander fest, bis sie spüren, wieder festen Boden unter den Füßen zu haben. Julia löst sich als Erste.
„Ich will sie kennenlernen."
„Hanna?"
„Ja." Julia weiß selbst nicht, warum sie das sagt. Etwas nagt an ihr. Sie will Sascha nichts verschweigen, aber sie kann ihr auch jetzt nichts von Hannas Besuch erzählen. Es muss anders gehen.
„Ich frage jetzt nicht, warum, oder?"

„Nein."
Julia deutet auf die Badezimmertür: „Kann ich mich vor dem Kaffee noch schön machen?"
„Klar."
Sie schließt die Tür hinter sich, setzt sich auf den Hocker in die Ecke, lehnt sich an. Sie mag Saschas Bad. Die weißen Fliesen mit dem blauen Rand, die verglaste Dusche, die bunten Handtücher, wo keines zum anderen passt. Das Holzschränkchen, das sie im Sperrmüll gefunden und das sündhaft teure Regal, für das sie ein Vermögen ausgegeben haben. Die wenigen Tuben und Flaschen darauf. Ausgesuchte Dinge. Sascha hat von allem nur das Nötigste, behält nur das, was ihr wirklich gefällt. Dazu will sie gehören. Unbedingt, für immer.

*

„Was habe ich mir nur dabei gedacht, dich sonntags zu mir einzuladen? Wirst du überhaupt darauf reagieren? Mir einen Kompromiss anbieten? Den Samstag? Samstage sind leichter auszuhandeln als Sonntage. Der Sonntag ist heilig, er gehört der Familie. Das war bei meinen Eltern schon so und warum sollte es bei euch anders sein? Auch Bert wollte mich immer sonntags treffen. Ausstellungen besuchen, Kaffee trinken, spazieren gehen. Als ob Sonntage unter Denkmalschutz stünden, gepflegt werden müssten wie die Gräber Verstorbener, deren Namen man nicht vergessen darf.
Natürlich weiß ich, dass die meisten Menschen von Montag bis Freitag keine Zeit haben und ihr Privatleben am Wochenende führen. Aber ist das mein Problem? Ich habe unter der Woche den ganzen Tag zur Verfügung, arbeite abends und am Samstag. Meine Arbeit ist das Freizeitvergnügen anderer, sonntags muss ich mich davon erholen. Am liebsten schlafe ich bis mittags, aber ich frühstücke nie im Bett. Keine Ahnung, warum ich dich ausgerechnet dazu eingeladen habe. Denn mir sind nicht nur die Krümel auf dem Laken ein Gräuel. Frühstücken im Bett ist die Vorspiegelung falscher Tatsachen. Ein fernes Echo einer Stimme, die ruft: Der Kaffee ist fertig! und es schwebt ein Tablett mit der guten *Rama* neben frischen Brötchen ins Bild. Fernsehträume einer Generation, die sich Ausschlafen nur als Ausnahmezustand leisten durfte. Morgens sollte die Welt noch in Ordnung sein, Familienglück kam in karierten Pyjamas daher und drang niemals durch die Röhre bis in den grauen Alltag. Jedenfalls nicht in meinen.
Außerdem habe ich nicht einmal das nötige Geschirr dafür. Kein Tablett, keine Thermoskanne, keinen Brot-

korb. Schon deshalb wird es besser sein, wenn du mir absagst. Ich sollte mir lieber überlegen, was ich mache, wenn du wirklich Samstag vorschlägst: Ich muss den ganzen Tag ins Studio, ich bin fest gebucht, den Termin kann ich nicht absagen. Das Geld brauche ich dringend und ich darf nicht riskieren, dass man mich durch einen Gitarristen ersetzt, der am Ende besser spielt als ich und meinen Platz einnimmt.

Heute ist Donnerstag. Gestern hätte alles so sein können wie jeden Mittwoch. Wundervoller Sex, grenzenlose Nähe, ein Traum auf der Haut und danach die Melancholie. Vielleicht wärst du wieder über Nacht geblieben und wir wären am nächsten Morgen nebeneinander erwacht. Kleine Schritte. Ich bin ungeduldig. Zu ungeduldig?

Aber ich könnte morgen sterben und ich hätte niemals Schneebälle nach dir geworfen. Oder mit dir gebadet. Zeit ist relativ. Worauf wartest du? Bist du dir nicht sicher, dass ich die Richtige bin? Du weißt doch genau, dass es die Richtige nicht gibt. Wir puzzeln uns ein Gegenüber zurecht, das in unsere Unerfüllte-Wünsche-Schablone passt wie ein Weihnachtsplätzchen in die Backform. Eigensinnig nur an den ausgefransten Rändern.

Ich habe niemals, keine Sekunde in meinem Leben gedacht, dass ich mich einmal so kopflos verlieben würde. Und doch traue ich meinen Gefühlen. Aber du traust mir nicht. Du denkst, ich tobe ein vorübergehendes Verlangen an dir aus und wenn mir langweilig wird, verschwinde ich wieder aus deinem Leben. Lege das Abenteuer, mit einer Frau zu schlafen, ad acta und suche mir einen Mann. Nein, Sascha, ich kann das nicht einmal mehr denken: ohne dich zu sein. Ohne deinen Geruch, deine Stimme, deine Haut. Alles, was ich bin, ist umgeben von dir. Eingehüllt in ein Begehren, das allein mein Körper steuert.

Ich könnte nicht sagen, dass ich lesbisch bin, denn natürlich habe ich mich nach anderen Körpern gesehnt. Es gab Männer, die ich wirklich wollte. Es muss so gewesen sein, aber ich habe es vergessen. Es ist, als ob das Gedächtnis meiner Haut alles Vergangene gelöscht hätte, um für die Erinnerung an jede einzelne deiner Berührungen Platz zu machen."

*

Bert lockert den gepunkteten Schlips, den Yves ihm zum Dank für die kostenfreie Behandlung mit der Post geschickt hat.
„Damit deine Patienten was zu lachen haben!“, erklärt er später am Telefon.
„Du spinnst. Damit sehe ich aus wie ein ...“
„... Schwuler?“, unterbricht ihn Yves. „Wäre das so schlimm?“
„Nein“, lacht Bert, „natürlich nicht.“
Seitdem trägt er die Papageienkrawatte dauernd. Als ob sie ihn schützen könnte vor dem tiefen Loch, das er in sich spürt und in das er nur deshalb nicht hineinfällt, weil er Teil davon ist. Er hat Angst, sich selbst zu verschlingen. Sich in seinem Inneren zu verirren und langsam, aber sicher verrückt zu werden.
„Bist du noch dran?“, fragt Yves, als Bert am Telefon nichts erwidert.
„Ja.“
„Ich habe bei der Polizei angerufen. Die Frau hat überlebt und stell dir vor, das Kind ist wohlauf. Sie liegen im Krankenhaus. Ich gehe sie besuchen. Kommst du mit?“
Bert verneint und beendet das Gespräch unter dem Vorwand, sich um seine Waschmaschine kümmern zu müssen. Er fühlt sich ausgeschlossen.
Alle wissen wohin. Sein Vater vermodert im Familiengrab, Hanna ist wie vom Erdboden verschluckt und Yves macht Krankenbesuche. Nur er hängt fest. Schwebt mit einem Bein in einem Leben, das ihm die Füße unter dem Boden weggezogen hat, und mit dem anderen über Niemandsland. Auf den Händen will er gehen, wie früher an den langen Sommernachmittagen im Garten. Warum sind alle

fort? Wo sind die Bekannten, die Kollegen, die Nachbarn? Wer trauert um ihn, wenn er in einem Flugzeug sitzt, das in die Luft gejagt wird? Wo ist er selbst? Wann hat er aufgehört, sich im Spiegel zu betrachten, sein zu wollen wie James Dean? Wie ist er zu dem störrischen Einzelgänger geworden, der keinen Mut hat, sich selbst etwas zu beweisen? Der nicht einmal mehr weiß, was es sich zu beweisen gibt.
Ich bin, denkt er, verkommen zu einer mittelalten Memme ohne Sinn und Ziel.
Er gießt sich den dritten Cognac ein. Seit er Yves kennt, trinkt er auch zu Hause. Nicht bis zur Besinnungslosigkeit, nur so lange, bis es in seiner Brust und später zwischen den Beinen warm wird. Dann kann er seinen Kopf abstellen. Es gefällt ihm zu spüren, dass er es in der Hand hat, die Kontrolle zu verlieren oder nicht. Er kann die Dinge klein halten oder er kann sie aufblasen. Sich in Selbstmitleid auflösen oder einfach aufhören damit und eine DVD einlegen. Sein Badezimmer putzen oder es verrotten lassen. Daran lässt sich der Grad seiner Leidensbereitschaft messen. Zum ersten Mal ruft ihn die Ordnung und er hört nicht hin. Dabei sei er zwanghaft, behauptet Hanna.
Zum Beispiel in seiner Küche, die Elektrogeräte auf der Arbeitsplatte. Mechanisch sorgen seine Handgriffe dafür, dass jedes Ding an seinem Platz steht. Tag für Tag rückt er den Toaster, den Eierkocher, das Designerradio, die Orangenpresse und die elektrische Brotschneidemaschine zurecht. So ist es mit allem: Noch ehe er denken kann, handeln seine Hände. Wie nach dem Unfall. Der Autopilot übernimmt und er vertraut darauf, dass das Programm keine Fehler macht. Er balanciert auf breiten, fest verschraubten Balken, kommt nicht vom Weg ab, weil er nicht nach links und rechts schaut. Er sieht einfach aus sich

heraus, als gäbe es nur eine Richtung, immer geradeaus. Kein Rotkäppchenschicksal, nicht mit den Wölfen gehen. Das war Hannas Job. Sie hat für ihn die Seitenpfade ausgekundschaftet. Er ist ihr nie in den Wald gefolgt, hat ihr nur nachgeblickt. Ehrfürchtig und ängstlich. Froh, abseits zu stehen und auf ihre Rückkehr zu warten. Jetzt steht er am Wegrand und sie kommt ihn nicht mehr abholen. Hat ihn vergessen. Wenn die Dämmerung hereinbricht, läuft er nach Hause und versteckt sich unter der Decke. Am nächsten Tag stellt er sich wieder an den alten Treffpunkt. Als ob.

Er steht auf, torkelt in die Küche, reißt den Toaster von der Arbeitsplatte und wirft ihn hinter sich. Dann wischt er die restlichen Geräte mit einem Handschlag beiseite und legt sich der Länge nach hin. Sein Körper passt bequem zwischen Ablage und Hängeschränke, seine Füße liegen zwischen dem schmutzigen Geschirr im Abwaschbecken. Damit er mehr Platz hat, schiebt er mit den Armen den Brotkasten weg, der mit lautem Getöse auf den gefliesten Boden fällt. Er hört den Knall mit Genugtuung. Soll doch alles um ihn herum zu Bruch gehen: Was kaputt ist, kann er wenigstens wegwerfen. Er nimmt die Topflappen rechts über ihm von der Wand und schiebt sie unter seinen Kopf. Das Letzte, was er sieht, bevor er die Augen schließt, ist ein rosafarbener Kaugummi an der Unterseite des Hängeschranks. Von ihm ist der nicht.

*

Es war nicht schwer, Silke zu einem Berlin-Wochenende zu überreden. Sogar erstaunlich einfach, denkt Julia, während sie in den Einkaufspassagen des Hauptbahnhofs herumläuft. Sie ist viel zu früh, entgegen ihrer Befürchtung hat sie einen der wenigen Kurzzeitparkplätze ergattert. In einer kleinen Cafeteria trinkt sie einen Espresso. Sie ist nervös. Kippt das schwarze, bittere Zeug hinunter und geht zum Ausgang. Noch eine Zigarette, solange sie den Kaffeegeschmack im Mund hat.

Auf seltsame Weise hat sie das Gefühl, sie müsste gerade in Berlin einen guten Eindruck auf Silke machen. Gestern war die Liste für ihre Putzhilfe länger als sonst, sie selbst hat das Gästezimmer hergerichtet. Weiße Bettwäsche, darauf drei auberginefarbene Frotteehandtücher in verschiedenen Größen. Für die Bodenvase hat sie heute auf dem Markt violette Gladiolen gekauft. Im Biosupermarkt hat sie den Einkaufswagen vollgeladen, als hätte sie vor, sich wochenlang zu Hause zu verbarrikadieren. Erst beim Einkaufen ist ihr aufgefallen, dass sie, abgesehen von deren Pizzavorliebe, nichts von Silke weiß; nicht, was sie gerne isst, ob sie am liebsten Rotwein trinkt, und überhaupt – ob sie kochen oder Silke zum Essen einladen soll. Vorsichtshalber hat sie in alle Richtungen gedacht. Sie kann zwischen Fleisch, Fisch, Tofu und verschiedenen Gemüsesorten wählen, und mit dem Obstberg lässt sich eine Großfamilie sättigen. Vielleicht können sie später spazieren gehen, danach etwas Kleines auswärts essen und am Abend kocht sie. Nachdem sie herausgefunden haben wird, was Silke schmeckt. Dementsprechend wird sie am nächsten Tag das Frühstück gestalten, wahlweise

mit Lachs, geräucherten Forellen, Bratenaufschnitt und verschiedenen Käsesorten.
Julia steckt sich ein Pfefferminzbonbon in den Mund, um den Nikotingeschmack zu vertreiben.
Wenn ich nicht wüsste, dass es meine Schwester ist, könnte man meinen, ich wollte sie verführen.
Der Gedanke befremdet sie, aber sie hat keine Zeit mehr, sich den Kopf darüber zu zerbrechen, um 13.20 Uhr kommt Silke an. In zehn Minuten. Sie schlendert zu der Rolltreppe, die zum Bahnsteig führt, geht geradewegs zum Wagenstandanzeiger und schaut nach, in welchen Abschnitten die zweite Klasse hält. Dort lehnt sie sich an den Pfeiler eines Fahrplans.
Als der Zug einfährt, versteckt sie sich dahinter; Julia mag es nicht, wenn sie bei einer Verabredung zuerst entdeckt wird. Sie ist lieber zuerst am Zug. Deshalb kommt sie meistens zu früh, um sich einen guten Platz mit Überblick zu sichern. Diesmal fällt es ihr schwer, der ICE ist voll, aus den geöffneten Türen quellen gleichzeitig so viele Fahrgäste, dass der Bahnsteig innerhalb kürzester Zeit mit Menschen und Koffern gepflastert ist. Sie schaut in alle Richtungen, von Silke keine Spur.
Und wenn sie mich versetzt hat? Launisch, wie sie zu sein scheint, ihre Pläne heute Morgen geändert hat und noch in Köln im Bett liegt? Unwillkürlich greift Julia nach ihrem Handy, doch sie hat keine Nachricht erhalten.
Die Menschenmenge lichtet sich, es steigt niemand mehr aus.
Verdammt, denkt Julia und sucht instinktiv nach ihren Zigaretten.
Im selben Augenblick halten ihr kalte Hände die Augen zu:

„Rat mal, wer ich bi-hin!", ruft Silke fröhlich.
„Der Weihnachtsmann?"
„Quatsch, der kommt erst in vier Wochen!" Silke lässt sie los, Julia dreht sich um und sie umarmen sich. Zum ersten Mal.
Danach fehlen ihnen die Worte.
„Hast du Gepäck?"
„Ich bin nur übers Wochenende eingeladen. Ich dachte, da brauche ich nicht so viel." Silke deutet auf ihren kleinen Rucksack.
Wieder muss sich Julia beherrschen, keine falsche Antwort zu geben. Sie muss sich wirklich zusammenreißen, um nicht mit Silke zu flirten. Es geht so einfach. Zu einfach?
Auf dem kurzen Weg zum Auto gehen sie schweigend nebeneinander her.
„He! Ist das dein Auto?"
Julia nickt. „Ein Geschäftswagen, den ich auch privat nutze. Ein bisschen unpraktisch beim Parken. Aber sehr umweltverträglich." Wieso hat sie andauernd das Gefühl, sie müsste sich rechtfertigen?
„Ich finde große Autos toll. Fährst du schnell?"
„Nur auf der Autobahn, bei langen Strecken. Die meiste Zeit steht es bei mir vor der Tür. In der Stadt fahre ich lieber Fahrrad."
„Sportlich!"
„Praktisch."
Sie steigen ein, schnallen sich an, Julia fährt los und regelt dabei die Temperatur. Silke schaut interessiert aus dem Fenster.
„Was ist das da?"
„Das Gefängnis. Sieht von außen besser aus, als es innen ist."
„Du warst schon mal drin?"

„Einer meiner Klienten war mal in U-Haft und ich musste etwas mit ihm besprechen. Gruselig. Die ganzen Sicherheitskontrollen. Jedes Mal, wenn sie hinter mir abgeschlossen haben, habe ich gedacht: Was macht mich eigentlich so sicher, dass ich hier jemals wieder rauskomme?"
„Und?"
„Was und?"
„Was hat dich so sicher gemacht?"
Julia überlegt, grinst.
„Die Kaution, die ich ihnen danach zahlen würde."
Vor dem Schloss Bellevue verliert Julia ein paar Worte über den Sitz des Bundespräsidenten, sie umfahren einmal die Siegessäule, biegen gen Osten ein und steuern auf das Brandenburger Tor zu.
„Sightseeing total!", schwärmt Silke und Julia entspannt sich ein wenig. Offenbar ist es nicht so schwierig, sie zufriedenzustellen. Und der Kuchen im Operncafé hat bisher noch jede beeindruckt.

*

„Du kommst! Du hast tatsächlich zugesagt und ich hatte nicht einmal das Gefühl, dass es dir besonders schwergefallen ist. Hast du es ihr inzwischen gesagt? Ist vielleicht alles ganz anders, als ich es mir vorstelle? Weiß sie es längst? Und wenn nicht – dann ist es auch in Ordnung. Hauptsache, du kommst. Am Sonntag. In mein Bett. Zum Frühstücken.

Ich war schon einkaufen. Butter, Lachs, Meerrettich, Frischkäse, Eier. Wie soll ich das nur anstellen, dass sie warm bleiben, bis du kommst? In Handtücher einwickeln? Den Toast auch? Wenn du überhaupt kommst. Denn noch immer glaube ich es nicht wirklich, rechne mit einer Absage im letzten Moment.

Den ganzen Morgen habe ich damit verbracht, die Wohnung auf Hochglanz zu bringen. Ich habe die Dusche desinfiziert, als käme das Aufsichtsamt, habe alles an Chemie in den Ausguss gekippt, was das Wasser besser zum Ablaufen bringen könnte, denn vielleicht willst du ja lange duschen. Der Spiegel hat keine Wasserflecken mehr, die Fliesen sind gewienert, an dem Haken hängt ein neues Handtuch, das ich extra gekauft habe. Ich werde es noch waschen und bügeln. Meine rauen Frotteebretter will ich dir nicht zumuten. Die Küche glänzt, die Wohnung ist gestaubsaugt, der Kühlschrank ist voll, es herrscht absoluter Ausnahmezustand.

Die Vorstellung, du könntest merken, dass ich jeden Cent umdrehen muss, ist mir peinlich. Ich schäme mich nicht dafür, aber ich fürchte, du würdest es nicht verstehen. Kein Geld zu haben bedeutet für dich wahrscheinlich, deinen Dispokredit in Anspruch zu nehmen. Den man mir gar nicht erst einräumt. Ich kenne keinen anderen

Zustand als den des gerade genug oder zu wenig Habens. Inzwischen nennt man meine soziale Herkunft wieder so, wie sie sich anfühlt, wenn man es nicht nach oben schafft: Unterschicht. Meine Mutter war Hausfrau, mein Vater Arbeiter. Wenn eine Firma Pleite ging, wechselte er zu einer anderen. Dazwischen stempelte er, und als Kind glaubte ich, das wäre ein Beruf. Allerdings einer, bei dem mein Vater zu wenig Geld nach Hause brachte, um neue Winterstiefel zu kaufen. Aber es reichte immer dafür, dass meine Mutter dampfende Schüsseln auf den Tisch stellen konnte. Ich habe nie Hunger gehabt, dafür die Gier nach dem Unerreichbaren. Süßigkeiten, Markenjeans, eine Gitarre. Ich hatte keine eigene, sondern lernte auf der meines langhaarigen Musiklehrers, der mich partout nicht verführen wollte, sondern mich nachmittags in der Schule unterrichtete, weil er an mein Talent glaubte. Ohne ihn hätte ich niemals die Aufnahmeprüfung am Konservatorium bestanden. Ich war die einzige Studentin ohne eigenes Instrument und mein Vater tippte sich an den Kopf, als ich ihm sagte, was eine Konzertgitarre kostete.

Ich hielt die Enge der Siedlung nicht mehr aus. Beantragte BAföG, zog in ein winziges Zimmer im Studentenwohnheim und nahm jeden Job an, um mir in den Semesterferien ein Interrail-Ticket leisten zu können. Ich hatte gehört, dass die besten Gitarren in Südspanien gebaut würden und dass es billiger sei, sie direkt bei einem Gitarrenbauer zu kaufen. Mit zwanzig hatte ich keine Angst. Es erschien mir weder gefährlich noch ungewöhnlich, in einen Zug zu steigen und in noch einen und noch einen und noch einen, um schließlich bei über vierzig Grad in einem Überlandbus nach Granada zu sitzen. Es kam mir auch nicht sonderbar vor, mit meinem Tramperrucksack

durch die andalusische Altstadt zu laufen, bis ich gefunden hatte, was ich suchte.
Ich frage mich oft, wann ich jenes unerschütterliche Vertrauen in mich und die Welt verloren habe: Die Gewissheit, das Gesuchte zu finden. Wann habe ich begonnen, meinen Wünschen nicht mehr zu trauen? Angefangen, mich selbst mit Argusaugen zu betrachten? Und: weshalb? Damals ging ich einfach die Wege, von denen ich dachte, sie führten mich an ein Ziel. Heute habe ich keine Ziele mehr. Oder sind es die Wege, die mir fehlen?
Vor einem kleinen Geschäft in einer schattigen Seitenstraße blieb ich stehen und schaute mir durch die schmutzige Scheibe die Schaufensterauslage an: Gitarrenhälse, Gitarrenbäuche, Saiten, glänzende Instrumente und dahinter, im schummrigen Licht, eine hölzerne Werkbank. Ich trat ein und ein alter, gebeugter Mann mit knorpeligen Fingern sah mich feindselig an, wie einer, der Angst hat, dass man ihm etwas wegnehmen könnte. Ich hatte ein paar Sätze Spanisch gelernt: Me llamo Hanna. Vengo de Alemania. Quiero una guitara. Er musterte mich und deutete unwirsch auf einen wackligen Hocker. Ich war müde von der Reise, hungrig und wusste nicht, wo ich später übernachten sollte. Doch ich blieb einfach sitzen, ließ meine Augen spazieren gehen.
Die düstere Ladenwerkstatt erinnerte mich an den Schuhmacher meiner Kindheit, der hinter einer hölzernen Theke in eine noch dunklere Ecke verschwand, um an einer knorrigen Werkbank Absätze festzunageln oder abgelaufene Schuhe neu zu besohlen. Auch er war schweigend in seine Arbeit vertieft und bediente seine Kunden erst, wenn er erledigt hatte, womit er gerade beschäftigt war. Noch immer habe ich den Geruch von Leim, Leder und Gummi in der Nase, wenn ich an ihn denke, so wie ich noch heute

jenen Duft nach Holz und Lack riechen kann, den die Instrumente und der Gitarrenbauer selbst verströmten. Unzählige Gitarren hingen von der Decke, an den Wänden und einzelne Teile standen oder lagen auf dem Boden und auf dem Tisch, an dem der alte Juanjo in einem blauen, verwaschenen Kittel gebückt unter dem gelblichen Schein einer Lampe arbeitete. Ich betrachtete die alten und neuen Instrumente, ihre stumpfen unpolierten oder fertig glänzenden Körper, ihre besaiteten und unbesaiteten Stege und verlor mich in dem Paradies unerhörter Töne und Klänge.

Plötzlich stand er mit einer Gitarre vor mir, hielt sie mir hin und sagte: Toca. Er wollte mich spielen hören. Als ich das Instrument an meinen Körper drückte, es mit dem rechten Arm umfasste, war ich überrascht, dass der Korpus nicht kalt war. Ich strich sanft über die Saiten, in Erwartung, sie stimmen zu müssen, doch der Klang war perfekt. Trotzdem überprüfte ich jede einzelne Note, ich wollte zeigen, dass ich vom Fach war. Dann spielte ich. Oder vielleicht sollte ich sagen, die Gitarre ließ mich spielen. Nie waren mir komplizierte Griffe leichter gefallen, nie zuvor hatten sich meine Finger auf einem Instrument wohler gefühlt. Keine Sekunde fürchtete ich, mich zu blamieren, vor einem, der schon viel bessere Gitarristen gehört haben musste. Ich vergaß, wo ich war, wie lange ich spielte, und hörte erst auf, als meine Fingerkuppen schmerzten, als sich die Stücke, die ich auswendig wusste, erschöpft hatten. Juanjo hatte währenddessen keine Miene verzogen, weiter an seiner Werkbank gestanden und mit Holzteilen hantiert. Ein stummer Schatten, hatte er mir überhaupt zugehört? Doch als er sich zu mir herumdrehte, stand die Antwort in seinem Gesicht geschrieben. Er lächelte und sagte: Quédate.

Ich hatte damals keine Ahnung, was das hieß, aber ich blieb fünf Jahre. Kehrte zu spät nach Deutschland zurück, um mein Studium wieder aufzunehmen. Ich hatte ein Stipendium und vielleicht eine Karriere als Konzertgitarristin sausen lassen. Dafür sprach ich spanisch und konnte Flamenco spielen. Ich habe mich oft gefragt, ob das wirklich ein guter Deal war. Wie mein Leben heute aussähe, wenn ich meine vielleicht besten Jahre nicht auf Plätzen unter freiem Himmel, in einer Gitarrenwerkstatt und mit bekifften Musikern auf Festivals und in Flamenco-Bars zugebracht hätte. Ob ich heute zufriedener wäre, wenn ich in einem angesehenen Orchester statt in zweitklassigen Bands spielen würde. Ob ich ein anderer Mensch wäre mit einem festen Gehalt, einem Auto und einem geregelten Leben. Ob ich dich jemals angesprochen hätte und du mich lieben würdest. Oder ob ich vielleicht schon lange an Julias Stelle wäre und spüren würde, dass ich dich verliere, weil du nach etwas suchst, das ich dir nicht geben könnte.

Was genau willst du eigentlich von mir?

*

Krankenhäuser geben sich keine Mühe, so zu tun, als wären sie etwas anderes als ein Ort der Verzweiflung. Kliniken und Gefängnisse unterscheiden sich nur darin voneinander, dass man Kranke nicht hinter Gitter bringen muss. Sie sind von innen heraus gefesselt.
Yves läuft den langen Gang entlang, liest an den geschlossenen Türen die Nummern ab. Als er eine Krankenschwester aus einem der Zimmer kommen sieht, beeilt er sich, sie zu erreichen:
„Entschuldigung, ich suche Jana Ebert."
Die Krankenschwester bleibt stehen und mustert ihn kurz.
„Sind sie ein Angehöriger?"
„Nicht direkt."
„Frau Ebert darf eigentlich keinen Besuch empfangen. Es geht ihr nicht besonders gut."
„Das kann ich mir vorstellen."
„Wissen Sie, was passiert ist?"
„Sie meinen den Unfall?"
Die Krankenschwester nickt.
„Ich war dabei", antwortet Yves.
Als er vor der Tür steht, zittern ihm die Knie. Noch könnte er sich umdrehen und einfach wieder gehen. Er muss das nicht tun. Sie würde nie erfahren, dass er hier gewesen war, und er würde niemals das Baby sehen.
Kurz entschlossen klopft er an, wartet nicht ab, drückt die Klinke nach unten und macht vorsichtig zwei Schritte in das abgedunkelte Zimmer hinein. Die Jalousien sind halb heruntergelassen, es fällt nur wenig Licht durch das Fenster. Die Frau, deren Namen er einem Polizisten abgerungen hat, deren Gesicht ihm nachts im Traum erscheint,

liegt regungslos in dem einzigen Bett im Raum. An ihrer rechten Seite ist eine Vorrichtung befestigt, mit der sie den einsehbaren Kasten heranziehen kann, in dem das Neugeborene liegt. Als die Tür hinter ihm ins Schloss fällt, dreht sie den Kopf halb und schaut ihn an. Um ihre Augen sind dunkle Ringe, er hat sie jünger in Erinnerung. Ihr Blick ist stumpf, erreicht ihn kaum.

„Hallo", sagt er.

Sie antwortet nicht.

Er nähert sich langsam, zieht einen Stuhl heran und setzt sich in angemessenem Abstand neben ihr Bett.

„Ich", stottert er, „wir haben, ich meine, erinnern Sie sich noch an mich?"

Sie reagiert nicht.

„Ich war kurz nach dem Unfall bei Ihnen und nun wollte ich wissen, wie es Ihnen geht. Und dem Baby."

Bei dem Wort Unfall zucken ihre Wimpern und ihre Hand, die neben ihr auf der Bettdecke liegt, als gehörte sie nicht zu ihr, als läge sie nur dort, um dem Schlauch, der zur Infusionsflasche führt, die Kanüle zu bieten.

„Sie waren da?", fragt sie tonlos.

„Ich war als Erster an der Unfallstelle."

„Haben Sie Michael gesehen?"

Jetzt schaut sie ihn erwartungsvoll an, hat sich leicht aufgerichtet. Als könnte er ihr eine gute Nachricht bringen, von der sie weiß, dass sie unmöglich wahr sein kann. Er nickt und versucht, sich das Bild des toten Fahrers in Erinnerung zu rufen.

„Ja, ich habe ihn gesehen."

„Hat er noch gelebt?"

Yves schüttelt den Kopf.

„Alle sagen, er war sofort tot. Aber ich habe doch noch mit ihm geredet."

Die Frau hält sich an dem Dreieck fest, das über dem Bett hängt, zieht sich hoch. Schaut ihm mit weit aufgerissenen Augen ins Gesicht.
„Er hat für mich gesungen, verstehen Sie? Niemand glaubt mir, alle behaupten, ich fantasiere, die Ärzte sagen, das sei der Schock gewesen. Michael habe nicht aus dem Auto steigen können, er sei bei dem Aufprall ums Leben gekommen."
Sie lässt sich in das Kissen zurückfallen, ihre Augen füllen sich mit Tränen.
„Vielleicht", sagt Yves und ringt um Fassung, „hat er noch mit Ihnen im Wagen gesprochen. Sie waren noch im Auto, als mein Freund und ich Sie gefunden haben. Vielleicht hat er gesungen, um Sie zu beruhigen."
„Glauben Sie?"
Er nickt und kämpft gegen die aufsteigende Hitze. Deutet auf das Baby.
„Ein Junge?"
„Wir dachten, es wird ein Mädchen. Aber Michael hat es gewusst. Kurz bevor er starb, hat er gesagt, es wird ein Junge." Sie lächelt schwach. „Und ihn Sascha genannt."
Yves starrt auf den Kasten, den die Frau nun heranzieht. Er steht auf, geht um das Bett und betrachtet den Säugling von oben.
„Er sieht aus wie Michael", sagt sie.
„Süß", bringt Yves heraus und da fallen ihm die Blumen ein, die er mitgebracht und neben sich auf den Boden gelegt hat. Er füllt Wasser in eine der beiden leeren Vasen in dem Regal über dem Waschbecken und stellt den Strauß auf den Tisch am Fenster.
„Soll ich ein bisschen Licht hereinlassen?", fragt er.
Sie schüttelt den Kopf, schließt die Augen, ist schon wieder in ihr Inneres abgetaucht.

Als die Krankenschwester zur Kontrolle kommt, verabschiedet er sich schnell. Wünscht Jana Ebert alles Gute. Wirft einen letzten Blick auf Sascha, der niemals erfahren wird, wem er seinen Namen zu verdanken hat.

*

„Schöne Wohnung“, bemerkt Silke. Sie hat die Schuhe ausgezogen und auf dicken Socken Raum für Raum inspiziert. Danach lässt sie sich auf das Sofa fallen und streckt die Beine aus. „Dir scheint es, alles in allem, nicht schlecht zu gehen.“

„Wie meinst du das?“, fragt Julia, die glaubt, einen kritischen Unterton in der Stimme gehört zu haben.

„Na ja, das hier sieht nach viel Geld aus. Oder spricht eine Finanzberaterin nicht über Geld?“

„Doch, aber in der Regel nicht über ihr eigenes.“

„Auch nicht in der Familie?“

„Gerade da nicht!“ Julia lacht. „Aber wenn es dich so brennend interessiert: Ja, ich habe einen gut bezahlten Job, der mich fünfzig bis sechzig Stunden die Woche auf Trab hält.“

„Dann hat es sich gelohnt?“

„Was?“

„Der Bruch mit deinem Vater.“

Julias Gesicht verdunkelt sich. „Reizthema“, sagt sie. „Möchtest du etwas trinken?“

„Gern.“

„Was denn?“

„Was trinkst du?“

„Einen Sherry.“

„Oh, wie im Film. Das finde ich gut.“

„Wie im Film?“

„Ja, das alles hier ist ein bisschen wie im Film. Die kleine arme Schwester vom Land besucht ihre große Schwester in der Stadt.“

„Nun übertreib mal nicht! Soweit ich weiß, bekommen Studienrätinnen nicht gerade einen Hungerlohn. Und du

bist keine Landpomeranze, sondern hast jahrelang in Paris gelebt."
„Das stimmt. Aber unter anderen Bedingungen."
Julia schenkt zwei Gläser Sherry ein. Die goldbraune Flüssigkeit schimmert in dem diffusen Licht, das die Stehlampe auf den Couchtisch wirft. Sie setzt sich davor, auf den Teppich, hat plötzlich das Bedürfnis, sich kleiner zu machen, als sie ist.
„Erzähl mir davon."
„Von Paris?"
„Von dir und Paris."
Silke nippt an dem Sherry und lehnt sich im Sofa zurück. „Da gibt es nicht viel zu erzählen. Ich wollte weg aus Köln, weg aus Deutschland, weg von Mutter. Hin zu einem hinreißend aussehenden Franzosen mit Glatze, der mir im Bett verschwiegen hatte, dass er verheiratet und Vater von drei Kindern ist." Sie nimmt einen großen Schluck Sherry, stellt das Glas auf den Tisch und schaut Julia an.
Julia spürt, wie ihr die Röte ins Gesicht steigt, und versucht, ihre Enttäuschung zu überspielen: „Du warst seine Geliebte?"
„Nicht lange. Zwei Wochen. Dann habe ich mich mit seiner Frau getroffen und ihm damit wahrscheinlich das Leben zur Hölle gemacht. Danach habe ich nie wieder etwas von ihm gehört und Zeit und Muße gehabt für l'art de vivre."
„Mutig. Klingt gut."
„War gut."
„Wärst du dort geblieben, wenn Mutter sich nicht …?"
„… versucht hätte umzubringen? Ja. Und ich habe mehr als einmal gedacht, dass es für uns alle das Beste gewesen wäre, wenn es geklappt hätte."

„Dann würdest du heute nicht hier sitzen“, entgegnet Julia, ohne nachzudenken.
„Dann hätte ich schon viel früher hier gesessen.“
„Da bist du dir sicher?“
„Ganz sicher.“
In Julias Kopf überschlagen sich die Gedanken. Zum ersten Mal hat Silke über einen Mann in ihrem Leben gesprochen und Julia fragt sich, warum sie sich der Vorstellung, ihre Schwester könnte einen Freund haben, verschließt. Das Thema gefällt ihr nicht.
„Wollen wir eigentlich später essen gehen oder soll ich kochen?“
„Was hältst du von zusammen kochen?“
Nichts, denkt Julia, die nicht gern beim Zwiebelschneiden beobachtet wird. „Gute Idee. Dann lass uns mal in die Küche gehen und nachsehen, was wir so finden.“

*

„Es ist das erste Mal, dass ich Stunden später in das Bett zurückkann, in dem wir uns geliebt haben. Eigenartig, fremd und vertraut zugleich. Die Sehnsucht nach dir hat mehr Platz, mehr Zeit, sich auszubreiten, und ich nehme sie mit in den Schlaf. Nichts ist mehr unberührt von dir, auch in meine Wohnung bist du mühelos eingedrungen und hast das Echo deiner Hände hinterlassen. Das ist wundervoll und schrecklich. Mein Schlafzimmer ist kein Refugium mehr, in dem ich mich auf einem unbeschriebenen Laken verlieren kann, es ist zu einem realen Raum deiner Nacktheit geworden, deine Spuren sind fühlbar, du hast die Luft meiner Einsamkeit geatmet. Jetzt bin ich ohne dich allein.

Laufe in der Wohnung herum, als wäre ich zu Gast. Du bist bei Einbruch der Dunkelheit gegangen. Den ganzen Tag habe ich bei jeder einzelnen deiner Bewegungen gedacht: Gleich ist es vorbei. Und als ich schließlich glaubte, du bliebest über Nacht, hast du gesagt: Ich muss jetzt gehen. Ich habe die Enttäuschung hinuntergeschluckt, aber sie steckt mir in den Knochen. Gestückelte Zeit. Wie ich sie hasse. Als ob ein unsichtbares Messer Nachmittage von Abenden, Abende von Nächten und Nächte von Morgenstunden trennte, scharf und unerbittlich wie das Fallbeil eines Schafotts. Als ob die Welt in Licht und Schatten zerfiele, in Leben und Tod und ich im Warten lebendig begraben wäre.

Jedes Mal, wenn du gehst, habe ich Angst, es könnte das letzte Mal gewesen sein. Wenn ich wüsste, du kämest immer wieder, wäre es vielleicht anders. Könnte ich die Stunden mit dir als Geschenk empfinden statt als Vorboten des Abschieds. Bleiben. Ich wünsche mir so sehr, dass wir zusammen dort bleiben könnten, wo wir gerade sind. Im Bett, auf der Straße, im Begriff, einander zu finden. Ich will auf der Straße mit dir angeben, Hand in Hand gehen und dich vor aller Augen küssen. Ich will Kartoffelpuffer für dich wenden und dich fragen, ob du meine Haustürschlüssel gesehen hast. Ich will mit dir abends vor dem Fernseher liegen und dich morgens zur Tür hinaus küssen. Dich nach dem Baden einölen. Weihnachten feiern. Und jeden siebzehnten eines Monats. Ich will dich heiraten. Mit Ja-Wort und Ringen. Ich will deinen Namen mit einem Bindestrich an meinen hängen, statt locker mit dir verbunden zu sein. Ich will mit dir zu Hause sein, statt Heimweh nach dir zu haben.

Ich habe dich nicht gefragt, warum du eigentlich gehen musstest. Aus Furcht vor keiner Antwort und weil ich nicht sicher bin, ob ich die Wahrheit aushalte."

*

Muss er sich schämen, weil er die Luft anhält, bis der Bettler an ihm vorbeigegangen ist? Soll er sich schlecht fühlen, weil er sich abwendet, als ginge ihn das Leid der anderen nichts an? Geht es ihn etwas an? Hanna würde ihren Geldbeutel zücken und dem Obdachlosen eine Münze in die Hand drücken. Es wäre ihr wichtig, ihn dabei zu berühren. Bert kann das nicht, ihn ekelt der Geruch nach Schweiß, Dreck und Urin. Er fühlt sich schuldig, dass er am liebsten die Poren seiner Haut verschließen würde, wenn so einer an ihm vorbeigeht. Sein Elend berührt ihn und doch nicht, er braucht zwischen sich und der Welt eine klare Grenze. In seiner Praxis kann er Handschuhe überziehen und Mundschutz tragen. Draußen ist es schwieriger, sich die Wunden der anderen vom Leib zu halten. Das hat er nur mit Hanna gekonnt. An ihrer Seite wagte er sich unter Wölfe und Menschen. Mit ihr würde er sich auch zu einer Aids-Gala trauen.

„He, da gehen wir zusammen hin. Ich brauche dringend eine Begleitung", jubelt Yves.

„Damit alle denken, ich wäre dein neuer Freund?"

„Lover", korrigiert ihn Yves. „Du musst ja nicht, wenn es dir peinlich ist. Obwohl ich sicher bin, dass der halbe Saal gerne mit dir tauschen möchte. Spätestens nach meinem Auftritt."

„Du singst dort?"

„In einer gewissen Szene bin ich ein Star, falls dir das entgangen sein sollte. Ich singe auf einer Benefiz-Veranstaltung."

Es ist ihm entgangen. Seit Bert weiß, dass Yves nicht Sascha ist, versucht er, nur über ihn nachzudenken, wenn

sie zusammen sind. Es ist ihm nicht geheuer, an einen Mann zu denken.
„Hat Hanna nie von mir erzählt?“, will Yves wissen.
„Nein.“
„Typisch.“
„Wieso?“
„Weil sie auch von dir nichts erzählt hat. Weil sie eigentlich nie etwas von sich erzählt.“
Am nächsten Tag geht Bert in ein Musikgeschäft und fragt nach einer CD von Yves.
„Welche denn?“
Alle kennen ihn, denkt Bert, nur ich nicht.
Er kauft nicht nur die Musik, er kauft auch gleich einen tragbaren CD-Player dazu. Dann setzt er sich in ein nahe gelegenes Café und bestellt einen Cognac. Aufgeregt legt er Batterien und die CD ein und probiert die Tasten aus. Es ist das erste Mal, dass er in der Öffentlichkeit Musik hört, und unauffällig schaut er sich um, ob sich jemand lustig über ihn macht. Doch niemand beachtet ihn. Er stellt die Musik so laut, dass die Geräusche der Stadt um ihn herum verstummen. Die Leute an den Nebentischen werden zu Statisten einer Geschichte, die Yves ihm erzählt. Bert schließt die Augen: Hanna und Yves, die, selbst wenn sie lachen, melancholisch wirken. Als ob beide unsichtbare Tränen weinten. Einen geheimen Schmerz in sich trügen, den sie nicht mit ihm teilen können. Oder wollen. Ihre Welt bleibt ihm verschlossen. Yves' Stimme und Hannas Musik sind ein fremdes Universum, ein Gefühlscode, den er nicht zu entschlüsseln vermag. Vielleicht ist er ja autistisch. Männer, steht in einer seiner abonnierten Wartezimmerzeitschriften, hätten einen Hang zur Emotionslosigkeit, weil ihnen eine gewisse Anzahl Empathiehormone fehle, was in den schlimmsten Fällen zum totalen

Rückzug führe. Yves fehlen sie offenbar nicht. Ihm aber mangelt es an Intensität, an Wildnis. An guter Erinnerung. Was vorbei ist, ist vorbei. Was bleibt, sind Fragmente.
Seine Mutter: „Von mir hast du das nicht."
Sein Vater: „Solange du die Füße unter meinen Tisch streckst, machst du, was ich sage."
Stimmen behält er, weil sie ihn nicht loslassen.
„Lass mich einfach los", hallt es in seinem Kopf.
Lass mich einfach los, will er sagen und weiß nicht, zu wem.

*

Silke auf dem Sofa. Silke in der Küche. Silke im Bademantel. Silke beim Spazierengehen, Silke nachdenklich, Silke traurig, Silke wütend, Silke erzählend, Silke lauschend, Silke am Bahnhof, Silke im Zug, Silke fort.

Julia sitzt in ihrem Büro und macht für jeden Gedanken an Silke einen Strich auf den Notizblock. Es sind schon viele, dabei ist es erst elf Uhr morgens.

Sie ist alt genug, um zu wissen, was das heißt: Ablenkungsmanöver. Sie stürzt sich auf die erstbeste attraktive und intelligente Frau, um die Eifersucht auf Hanna nicht zuzulassen, und macht vor ihrer eigenen Schwester nicht Halt. So einfach ist das. Wäre Silke nicht Silke, sondern irgendeine Kollegin, sie wären am Samstagabend im Bett gelandet und sie hätte am Ende die nächsten Wochen eine Affäre gehabt. Sich vielleicht sogar verliebt. Bis es ernster geworden wäre, bis sie von Liebe geredet hätten. Dann spätestens zieht Julia die Notbremse. Mit Silke funktioniert es so nicht. Einerseits spricht vieles dafür, Silke zu lieben, denn sie ist ihre Schwester. Andererseits spricht genau deshalb alles dagegen.

Gegen Morgen, nach zwei Flaschen Wein, hatte sie Silke endlich von Sascha erzählt. Silke hörte zu, las die Bruchstücke von elf Jahren auf und setzte sie zu einem kantigen Bild zusammen. Am Ende fragte sie leise:

„Liebst du sie denn noch?"

„Ich weiß kein anderes Wort dafür. Es ist nicht das, was ich mir einmal unter Liebe vorgestellt hatte: Glück, Zufriedenheit und Ruhe. Aber es ist das, woran ich am längsten in meinem Leben festgehalten habe."

„Und das reicht, um weiterzumachen?"

„Was soll denn stattdessen kommen? Die nächste Beziehung mit Höhen und Tiefen, mit Stärken und Schwächen? Sex in allen Varianten, bis die Gewohnheit das Ruder übernimmt? Alles wieder von vorn? Ich weiß nicht."
Sie weiß es immer noch nicht. Aber sie weiß, dass es besser nicht Silke sein wird, mit der sie das ausprobiert. Auch wenn es einen Moment gab, in dem sie einander mit hungrigen Augen angesehen hatten und es nur eines Nickens bedurft hätte. Oder hat sie sich das bloß eingebildet?
„Wenn ich du wäre, würde ich dieser Hanna Bescheid sagen. Und Sascha sowieso. Entweder oder."
Silke weiß nicht, wie es ist, wenn man sich so lange zu zweit denkt. Wie es sich anfühlt, wenn Sascha ihr aus den Händen gleitet und Julia sie nur halten kann, wenn sie loslässt. Dass sie, Julia, die Einzige ist, die weiß, wie es um Sascha steht, wie sie ringt mit dem Leben. Nur Julia hat sie in den Momenten der Schwermut erlebt. Die langen Nächte in dem dunklen Tunnel, aus dem Sascha manchmal einfach nicht herausfindet, die Tränen, die Abgründe, in die sie stürzt, und niemand und nichts kann ihr helfen. Außer Julia vielleicht, die zu jeder Tages- und Nachtzeit kommt, wenn sie ruft.
„Das ist Freundschaft", sagte Silke.
„Nein", erwiderte Julia nach einer Weile. „Das ist vielleicht das Größte, wozu Menschen fähig sind."
Danach war für diese Nacht alles zwischen ihnen gesagt.

*

„Du hast ihr von mir erzählt. Das ist gut. Sie will mich kennenlernen, das ist schlecht. Was heißt das? Soll ich mit dir und deiner Gattin zum gepflegten Dinner? Wie wäre es mit einem lockeren Brunch? Kaffee und Kuchen? Oder handelt ihr solche Treffen ohne kulinarische Höhepunkte ab? Mehr ökonomisch-juristisch? Ehrlich gesagt finde ich deine E-Mail unverschämt. Was soll das? Willst du mich vorführen? Gibst du deiner Lebensgefährtin das Recht, deine Geliebte zu beurteilen, oder gehört das sogar zu ihren ehelichen Pflichten: Aufzupassen, dass du nur das Beste bekommst?
Verdammt, das geht nicht. Ich kann überhaupt nicht darüber nachdenken, ob ich das will oder nicht, denn wenn Julia mich sieht, wird sie dir sofort von meinem Besuch in ihrem Büro erzählen. Soll ich ihr zuvorkommen? Dir gestehen, dass ich bei ihr war? Du wirst dich so oder so hintergangen fühlen. Ich stehe neben der bewundernswert offenen Julia da wie eine eifersüchtige Mätresse, der nicht zu trauen ist. Und alles zuzutrauen. Oder würdest du mir glauben? Mich verstehen? Dass ich nicht anders konnte? Endlich begreifen, dass es dein Schweigen ist, was mich getrieben hat, dass es die Unwissenheit, das Ausgeschlossensein ist, das mich wahnsinnig macht?
Warum will sie mich kennenlernen? Was verspricht sie sich davon? Ist es ein strategischer Schachzug? Will sie wissen, wie und wer ihre Rivalin ist, genauso wie ich es erfahren wollte? Will sie herausfinden, ob ich eine Gefahr für eure Beziehung bin? Euch aus dem Gleichgewicht bringen kann? Und dann?
Wie auch immer, es geht nicht. Ich kann und will mich nicht zur Schau stellen. Du bist der Mensch, der mich

interessiert, nicht Julia. Ich möchte nicht sehen, wie ihr euch lange, vertraute Blicke zuwerft, während ich nicht einmal dein Lieblingslied kenne. Ich weiß: Du hast gesagt, mal magst du das eine, mal das andere. Einer deiner Rechtfertigungsmechanismen, um dich nicht festlegen zu müssen. Um dir den Freiraum grenzenloser Möglichkeiten zu schaffen, in dem du alles kannst und nichts musst. Ich habe ein Lieblingslied. Und natürlich ist es nicht immer dasselbe. Aber zwei Lieblingsfarben, die sich nie geändert haben. Und ich fände es schön, wenn du sie kennen würdest. Falls du mir einmal Blumen schicken wolltest. Aber du wirst mir keine Blumen schicken.

Schon die Tatsache, dass ich mir wünsche, dass du mir Blumen schickst, lässt mich wohl in deiner Freiwilligkeit herumpfuschen wie eine Oberbefehlshaberin. Wünsche sind für dich Erwartungen, die du nicht erfüllen müssen willst. Dabei sind Wünsche etwas Wunderbares. Sie sind das bildliche Ende von Sehnsüchten. Von Träumen. Ich habe mich immer gegen Liebesbeweise gewehrt. Vielleicht war ich mir der Liebe anderer deshalb so sicher, weil ich selbst weniger empfand. Es gab Männer, die von mir bekamen, wonach sie sich sehnten. Doch ich habe nie nach dem verlangt, was sie mir geben wollten. Dafür will ich nun alles auf einmal von dir. Weil du eine Frau bist? Fremd und vertraut zugleich?

Nein, Sascha. Ich möchte Julia nicht kennenlernen. Ich möchte dich kennenlernen."

*

„Wie ist es eigentlich so mit einem Mann?“, fragt Bert so locker wie möglich.
„Das kommt auf den Mann an.“
„Ich meine, wo ist der Unterschied?“
„Der Unterschied wozu?“ Yves macht es ihm nicht einfach.
„Dazu, mit einer Frau zu schlafen.“
„Da fragst du den Falschen. Ich habe bisher nur mit einer Frau geschlafen.“
„Und?“
„Was, und?“
„Wie war es?“
„Langweilig, anstrengend und frustrierend. Sie hieß Cornelia, ging mit mir zur Berufsschule und trug einen BH, an dessen Verschluss ich kläglich gescheitert bin. Wir haben uns ein paar Stunden abgemüht und auf ganzer Linie versagt.“
„Danach wusstest du, dass du schwul bist?“
„Nein. Das wusste der große Bruder meines besten Freundes. Er hat mich im Wochenendhaus meiner Eltern verführt. Party, Schnaps und am Ende er und ich auf der Küchenbank.“
„Das hat dir gefallen?“, fragt Bert ungläubig.
„Es war das Größte.“ Yves grinst. „Stümperei, aber eine Erleuchtung!“
Sie sitzen in Yves’ Wohnzimmer.
„Hast du Hunger?“
„Geht so.“
„Ich hab was im Ofen, das stelle ich schnell mal an“, sagt Yves.
„Du hast gekocht?“

„Gebraten. Ist gleich fertig."
Bert sieht sich um. Die Wohnung hat Stil. Es duftet nach Leder und Zitrone. Er fragt sich, wonach seine eigene Wohnung wohl riecht, und das Chaos fällt ihm ein, das er in der Küche angerichtet hat, bevor er mit dumpfen Kopfschmerzen auf der Arbeitsplatte erwacht ist.
Das Treffen bei Yves war seine Idee.
„Ich will wissen, wie ein Schwuler wohnt", scherzte er und beide wussten, dass es der Wahrheit entsprach.
Yves kommt aus der Küche.
„Wollen wir im Stehen essen oder am Tisch?"
Jetzt erst sieht Bert die weiße Tischdecke, die großen glänzenden Teller, darauf die Stoffservietten, daneben das Tafelsilber, passend zu den Kristallgläsern, aus denen sie Rotwein trinken.
„Die Antwort erübrigt sich wohl", sagt er mit Blick auf das Arrangement.
„Ich dachte, ich bestätige mal deine Vorurteile", grinst Yves und verschwindet wieder hinter der Schiebetür. Verführungsessen mit bitterem Beigeschmack, denkt er, während er die Filetstücke im Ofen wendet. Zu viele Beilagen, zu wenig Fleisch.
Verglichen mit der Wärme eines Körpers, der ihm Zuhause ist, bedeutet ihm Sex nicht mehr so viel. Er sucht Nähe, Geilheit kommt ihm aus den Ohren heraus.
Kauf dir, hatte Oliver gesagt, einen Teddy, wenn du kuscheln willst. Kuscheln macht die Beziehung kaputt.
Er kaufte sich einen Teddy, der eine Wärmflasche ist, und legte ihn dorthin, wo die Zurückweisung von Zärtlichkeit am meisten schmerzte.
Doch dann änderte sich schlagartig alles. Oliver zog sich plötzlich ganz zurück, hatte von einem auf den anderen Tag keine Lust mehr auf ihn, mied seinen Körper. Wich

Küssen und eindeutigen Gesten aus und wehrte selbst die schnellen Nummern im Stehen ab, die er noch kurz zuvor so vehement eingefordert hatte.
Reden hatte keinen Zweck, Oliver verweigerte jedes Gespräch darüber und eines Nachts, als er spät aus dem Studio nach Hause gekommen war, war die Katastrophe über Yves hereingebrochen:
Ich muss alleine sein. Ruf mich nicht an, schreib mir nicht, such nicht nach mir. Es ist vorbei. Verzeih mir.
Der Zettel war aus einem Notizbuch herausgerissen, der Umschlag, in dem er steckte, zugeklebt. Daneben lagen der Haustürschlüssel, fünfundachtzig Euro, die er ihm noch schuldig war, und ein Stapel geliehener CDs. Seine Sachen hatte er mitgenommen, seine Spuren verwischt, drei Jahre Beziehung ausradiert. Yves blieb mit geplündertem Herzen fassungslos zurück. Er hätte seine Hand dafür ins Feuer gelegt, dass ihm so etwas mit Oliver nicht passieren würde.
„Und du hast ihn einfach so gehen lassen?“, fragt Bert.
„Konntest du Hanna zurückhalten?“, fragt er zurück.
Bert schüttelt den Kopf.
„Vermisst du ihn?“
Yves nickt. „Mehr, als mir lieb ist.“ Sein Mittelfinger kreist um den dünnen Rand des halb gefüllten Weinglases und bringt es zum Klingen. „Ich hatte mich auf den Mann wirklich eingelassen, ich dachte, wir würden …“ Er bricht mitten im Satz ab, zuckt mit den Schultern, dreht sich weg.
Bert ist unsicher. Was jetzt? Ihn in den Arm nehmen? Das Thema wechseln? Er starrt auf die Tischplatte und überlegt krampfhaft, wie er reagieren soll.
Doch da steht Yves bereits auf, wischt sich verstohlen mit der Handfläche über die Augen und räumt die leeren Tel-

ler zusammen. Mit dem Anflug eines Lächelns sagt er: „Ich wollte ihn heiraten, verstehst du?“

Ohne einen Kommentar abzuwarten, bringt er das Geschirr in die Küche. Als er wiederkommt, trägt er ein anderes Gesicht und ein Tablett mit zwei Gläsern und einer Flasche.

„Cognac gefällig?“

„Nur Carlos Magno.“

„Was sonst …“

Idiotisch. Bert fühlt sich, als hätte er ein falsches Tonband eingelegt.

„Was macht dein Liebeskummer?“, fragt Yves, während er einschenkt.

„Verblasst.“

„So schnell?“

„Ich weiß nicht. Manchmal kann ich mich für einen Moment nicht mehr an ihren Geruch erinnern und manchmal fahre ich statt zu mir zu ihr nach Hause.“

„Stör sie nicht“, scherzt Yves. „Sie übt für meine Karriere. Hast du dir eigentlich den fünfzehnten Dezember freigehalten?“

„Brauchst du einen Nikolaus?“

„Nein, aber Claqueure auf der Gala. Da sing ich ein Lied von der neuen CD.“

„Du hast eine neue CD?“

„Ja.“

„Wie heißt sie?“

„Zurück auf Los.“

„Schöner Titel.“

„Von Hanna.“

Sie schweigen.

„Ich glaube, ich weiß gar nicht, wer sie ist“, sagt Bert leise.

„Da bin ich sogar sicher."
„Wie meinst du das?"
„Für dich ist Hanna eine wunderbare Geliebte, für mich ist sie eine inspirierende Kollegin. Du findest in ihr Liebe. Ich Melodie und Poesie. Du liebst ihren Körper, ich ihr kritisches Urteil. Deine Hanna und meine Hanna sind derselbe Mensch und doch zwei völlig unterschiedliche Frauen." Er lacht: „Und es gibt mit Sicherheit noch ein paar andere, von denen wir keinen blassen Schimmer haben!"
„Man ist mit jedem anders?"
„Man wird durch jeden anders."
Bert weicht seinem Blick nicht aus und spürt ein eigenartiges Gefühl im Bauch. Er spült die nächste Frage mit einem Schluck Cognac hinunter, bevor er sich umständlich für das Essen bedankt und aufbricht. Er schafft es nicht, auch nur einen Moment länger zu bleiben. Der Gedanke an Oliver verstört ihn mehr als der an Hanna.

*

Sie hört Sascha schon im Flur. Es ist die Art von Schluchzen, die nach dem Weinen kommt.
Dann, hatte Sascha einmal erklärt, überschlägt sich die Angst.
Julia betritt das dunkle Schlafzimmer und findet Sascha auf dem Boden, vor dem Fenster. In eine Decke gewickelt, zusammengekauert.
„He, komm, leg dich ins Bett."
Sie streicht ihr die Haare aus dem Gesicht, aber Sascha reagiert nicht. Julia setzt sich neben sie, legt ihr den Arm um die Schultern, hofft, dass ihr Körper sie beruhigen kann. Wie oft haben sie schon so dagesessen, Sascha vollkommen außer sich, überfordert von Gefühlen, vor denen sie sich nicht schützen kann.
Früher dachte Julia, ihre Liebe könnte ausreichen, um der Angst zu trotzen. Doch sie war zu tief in Sascha verankert, ein schlafendes Ungeheuer, das ohne Vorwarnung zu toben beginnen konnte und über alles herfiel, das sich ihm in den Weg stellte. Auch über Julia.
Wie damals, als sie glaubte, Sascha bräuchte nur einen Tapetenwechsel.
„Fahr mit mir weg. Irgendwohin."
„Ich will nirgends hin", antwortete Sascha und sie fuhren aufs Land.
Schon die Art, wie sie den Inhalt ihres Kulturbeutels auf die schmale Porzellanablage unter dem Badezimmerspiegel stellten, zog eine unsichtbare Grenze zwischen ihnen. Die monumentale elektrische Zahnbürste gegenüber der Reiseklappminiatur, zwei ungleich bewaffnete Soldaten in Hab-Acht-Stellung. Statt Liebe machten sie lange Spaziergänge um den See.

„Gibt es etwas, was du dir wünschst?“
„Was würde das nützen?“
„Vielleicht nichts, aber es würde etwas schaffen.“
„Was denn?“
„Eine Vision.“
„Wozu?“
„Um sie zu verwirklichen.“
„Daran glaube ich nicht mehr.“
Am Tag war Julia stark genug, sie beide zu halten. Doch in den Nächten schreckte Sascha auf, starrte sie mit weit aufgerissenen Augen an: „Raus hier, wir müssen raus hier!“
„Wieso?“ Immer wieder erschrak Julia im ersten Augenblick über die Entschlossenheit in Saschas Ton, bevor sie merkte, dass die Freundin schlief. Sascha wachte erst von ihren Fragen auf. Schämte sich, ertappt worden zu sein. Funkelte Julia böse an und schloss sie aus ihren Träumen aus: „Das verstehst du nicht.“
Nach zwei unruhigen Nächten, sieben Seeumrundungen und einem verletzenden Streit, der in hilflosem Schweigen endete, packten sie ihre Reisetaschen.
„Komm“, sagte Sascha ungeduldig und ließ sie vor dem Hotel stehen. Sie waren mit der Bahn gereist, Julia hatte gedacht, so könnten sie schon auf der Fahrt entspannen. Da hatte sie noch nichts gewusst von Saschas Angst, nicht vom Fleck zu kommen: Die absolute Kontrolle über Bleiben und Fortgehen war lebenswichtig.
Julia konnte auf dem Weg zum Bahnhof, der etwas außerhalb lag, nicht Schritt halten, fiel immer weiter zurück. Sascha dagegen ging hastig die leicht ansteigende Straße hinauf. Wie in Zeitlupe lief Julia ihr und der viel zu großen Reisetasche hinterher und konnte nichts gegen ihr Schrumpfen tun. Zuerst verformten sie sich zu einem Strich mit einer Ausbuchtung, dann verblassten sie zu

einem unförmigen Punkt in der weitläufigen Landschaft. Schließlich verschwanden sie hinter einer Kurve.
Jetzt, hatte Julia gedacht, könnte ein Traktor aus den Feldern schießen, der Fahrer würde mich im fahlen Mittagslicht zu spät sehen und ich würde unter die großen Räder geraten. Das riesige Profil der Reifen hinterließe eine unübersehbare Spur auf meinem Körper, zerquetschte meine Wirbelsäule, während Sascha in den bereits wartenden Zug einstiege und einen Platz in Fahrtrichtung suchte.
In letzter Minute riss Julia die schwere Tür auf. Vorsichtig nahm sie die zwei hohen Stufen, als fürchtete sie, das Eisen könnte unter ihren Füßen zerbrechen. Sie war weder zu früh noch zu spät. In diesem Augenblick verstand Julia, dass das Beibehalten ihres eigenen Tempos die einzige Chance war, Sascha nicht aus den Augen zu verlieren.
Es ist still im Zimmer, die von den Straßenlaternen beleuchteten, sich im Wind bewegenden Bäume werfen zitternde Schatten an die Wand. Sascha hat ihren Kopf an Julias Schulter gelegt und atmet wieder ruhiger.
„Bisschen besser?"
Sascha nickt. Julia drückt ihr ein Taschentuch in die Hand. Es wird noch einen Moment dauern, bis Sascha sich die Nase putzt. Aber danach werden sie bald aufstehen können. Es ist ihr Zeichen, dass das Schlimmste überstanden ist.

*

„Wir treffen uns immer noch mittwochs. Doch ich will nicht mehr auf dich im Zimmer warten. Ich habe dich überredet, dass wir zusammen ins Hotel gehen, uns vorher treffen. Allerdings wäre ich nicht auf die Idee gekommen, uns in der Gemäldegalerie zu verabreden. Es war nicht gerade das, was ich mit Spazierengehen im richtigen Leben meinte. Doch du hattest Angst, mit mir Hand in Hand gesehen zu werden, oder? Du wolltest auf Nummer sicher gehen. Brauchtest die Freiheit des Eingesperrtseins. Und warst so entspannt wie nie. Ich weiß jetzt, dass du Käsekuchen magst, aber nur ohne Rosinen. Dass du drei Tassen Kaffee in einer halben Stunde trinkst. Dass du die alten Meister gut findest und abstrakte Malerei langweilig. Wie sich beim Nebeneinanderherlaufen meine Hand in deiner anfühlt: Kleiner als gewöhnlich und kälter, weil deine Haut eine Grundwärme hat, die auch in deinen Augen steht.

Du hast mich nicht gefragt, warum ich Julia nicht sehen will, und ich habe nichts dazu gesagt. Vielleicht hast du ja recht. Vielleicht muss man tatsächlich nicht über alles reden, vielleicht verschwinden Probleme auch dadurch, dass man ihnen keine Beachtung schenkt, wie Kinder aufhören zu quengeln, wenn sie spüren, dass niemand darauf reagiert. Manchmal. Aber es gibt auch welche, die dann erst recht anfangen zu schreien, weil sie gehört werden wollen. Kinder wie Probleme. Julia nicht. Julia verwandelt sich in eine Graue Eminenz. Unfehlbar und gut. Du machst mir keinen Vorwurf, aber ich spüre, dass dieser Punkt an sie geht. Auch wenn du selbst vielleicht erleichtert bist. Denn ich kann mir nicht vorstellen, dass du mit uns unter sechs Augen reden willst. Du müsstest die Prinzenrolle spielen, die sich schnell in die des Narren verwandeln könnte. Julia wäre die strenge, aber gerechte Königin und ich die fremde Prinzessin, die sich die Gunst der Herrscherin erst noch verdienen müsste. Aber ich mag keine Märchen. Sie sind verkappte Moralapostel, brutale Wegweiser zu gutem Benehmen. Ich will mich aber gar nicht gut benehmen. Im Gegenteil. Lieber will ich hemmungslos sein und unvernünftig.

Wild wie du, als du mich draußen im Dunkeln hinter die Büsche gezogen hast. Trotz der Nässe in den Blättern. Der Duft nach feuchter Erde und der Geruch deiner Haare, mein Rücken an einem harten Baumstamm und dein Körper, der sich gegen meine Hüften drückt, deine Zähne, die sich ein wenig zu fest in meinen Hals graben und meine Hände unter deiner Jacke, deinem Pulli. Das will ich. Deine unbedingte, ungeteilte Nähe.

Es war eigenartig, zu deinem Auto in der Tiefgarage zu laufen. Hand in Hand, im Nieselregen an der vierspurigen Straße entlang, die wir überqueren mussten. Stell dir vor, da an der Ampel stünde eine schöne Frau im Regen, hast du gesagt, du könntest sie gar nicht retten, weil du deinen Schirm nicht dabei hast! War das eine Anspielung? Weißt du es schon längst? Hast du meinen Schirm bei Julia gesehen? Ihn wiedererkannt? Wäre das möglich? Meine gute Laune, die wunderbar leichte Stimmung war wie weggeblasen. Wir waren nicht mehr allein, Julia hatte sich zwischen uns geschoben. Und dort blieb sie, während wir die Treppen zum Parkdeck hinuntergingen und die Eisentüren hinter uns mit einem lauten Knall zufielen. Sie hätte gewusst, wann sie nach Kleingeld für den Kassenautomaten hätte suchen müssen, hätte vielleicht sogar vor dir ein paar Münzen in den Schlitz gesteckt, gewartet, bis der Kasten das Ticket wieder ausspuckt und es eingesteckt.

Ich fühlte mich vollkommen fehl am Platz. Ohne Auto, ohne Lebenserfahrung. Als wäre ich die Falsche, die neben dir auf die blinkenden Lichter eines schwarzen glänzenden Kombis zuging. Dass ich tatsächlich eine Fehlbesetzung war, zeigte sich, als ich eingestiegen war und in dem weichen Ledersitz versank. Ich saß auf Julias Platz und nichts passte: zu wenig Beinfreiheit, die Kopfstütze zu niedrig, der Gurt schnitt mir in den Hals.

Du lenktest den Wagen mühelos durch die engen Kurven aus dem Parkhaus, dicht genug an die Schranke, damit du dich beim Einstecken des Ausfahrtstickets nicht allzu weit hinauslehnen musstest. Ganz anders als Bert. Er muss den Gurt abschnallen oder die Tür öffnen, weil er zu viel Abstand hält. Nicht forsch genug ist.

Es herrschte viel Verkehr am frühen Abend, die halbe Stadt schien unterwegs zu sein. Quälte sich durch die verstopften Straßen, wie du mit einem klaren Ziel vor Augen. Zwischen dem Schalten, dem stockenden Anfahren und Bremsen hast du deine Hand auf mein Bein gelegt. Tust du das bei Julia auch? Oder macht man das nur am Anfang und verflüchtigen sich solche Gesten im Laufe der Zeit? Lag deine Hand nur deshalb auf meinem Oberschenkel, weil ich zufällig diejenige bin, in die du gerade verliebt bist?

Es dauerte eine Ewigkeit, bis wir ankamen. Bis wir steil nach unten in das Parkhaus unter dem Hotel abtauchten, bis du die Schranke mit einer Chipkarte aus dem Handschuhfach öffnetest. Ich wünschte, ich hätte nie gesehen, wie man das Hotel unbemerkt durch den Hintereingang betritt. Mit dem Aufzug vom Untergeschoss bis in den achten Stock fährt. So hatte ich mir das gemeinsame Ankommen mit dir nicht vorgestellt."

*

Bert weiß nicht, was er anziehen soll. Seit Stunden steht er vor dem Spiegel, auf dem Bett liegen wahllos Hemden, Hosen, Gürtel und Krawatten verstreut. Am Ende entscheidet er sich für den Klassiker: Schwarzer Anzug, weißes Hemd, Krawatte und schwarze, blank polierte Lederschuhe.
„Weiß Hanna, dass wir befreundet sind?"
„Willst du, dass sie es weiß?", fragt Yves zurück.
„Nein."
Es ist seine kleine Rache, an der Seite ihres Kollegen aufzutauchen. Ganz beiläufig fallenzulassen: „Yves und ich kennen uns."
Doch erst einmal betritt er den Saal alleine. Die Veranstaltung ist ausverkauft und ein Ordner bringt ihn zu seinem reservierten Platz in der ersten Reihe.
„Dann kann ich dich ansingen", sagt Yves, „das beruhigt mich."
Bert hält Ausschau nach Hanna, aber er kann sie nirgends entdecken. Wahrscheinlich kommt sie zu spät. Wie immer.
Das Programm beginnt mit der Moderation eines bekannten Fernsehstars, der für Berts Geschmack ein zu buntes Hemd trägt. Die Fotografin neben ihm macht aufgeregt Blitzlichtbilder, die Stimmung in der Halle ist aufgeheizt. Herausgeputzte Heteros neben Männern in Frauenkleidern, Männern, die vielleicht einmal Männer waren und heute Frauen sind. Frauen, an deren Seite keine Männer sind, Frauen, die sich für den Abend zurechtgemacht haben, zeigen, dass sie dazugehören. Alles keine Langweiler, so wie er. Er ist umringt von gepiercten Ohrläppchen, beringten Nasenlöchern, diamantenen Bauchnabeln und

freigelegten Brustwarzen. Allmählich versteht er, warum Hanna nie von Yves erzählt hat. Wahrscheinlich hält sie ihn für zu konservativ, mit Schwulen umzugehen, wahrscheinlich ist er das auch. Die Vorstellung, einer der Transvestiten könnte ihm zu nahe kommen, behagt ihm nicht. Übertreibungen bedrohen ihn. Er übersteht das Bühnenprogramm mit halb geschlossenen Augen. Nach außen wirkt er ruhig, innerlich zerreißt es ihn fast. Er fühlt sich eingesperrt in seinem Anzug, die Krawatte würgt ihn.

„Meine Damen und Damen, geliebte Herren, es ist mir eine besondere Ehre, nun den Höhepunkt unseres Benefizprogramms zugunsten der Deutschen Aids-Hilfe ansagen zu dürfen. Wir kennen ihn alle, wir lieben seine Stimme und – seien wir ehrlich! – wer von uns hat noch nicht von ihm geträumt?"

Das Publikum johlt und pfeift, Bert hat Herzklopfen. Hat er auch schon von ihm geträumt?

„Der romantischste und bestaussehendste aller deutschen Popsänger wird uns heute einen Vorgeschmack auf seine neue CD geben, die wir im Übrigen schon deshalb kaufen müssen, weil drei Prozent des Verkaufspreises an die Aids-Hilfe gehen."

Spontaner Applaus.

„Meine Damen und Damen, geliebte Herren, gute Unterhaltung mit: Yves!"

Die Bühne verdunkelt sich, Nebel steigt auf, Musik setzt ein und aus dem Nichts tritt er hervor: Über einem weißen Rippenshirt trägt er einen leuchtend blauen Anzug, an der Hand, in der er das Mikrofon hält, glänzt ein großer silberfarbener Ring, den Bert noch nie an ihm gesehen hat. Seine Haare wirken noch heller als sonst und die leicht geschminkten Lippen unterstreichen dieses Lächeln, um das Bert ihn so sehr beneidet.

Yves bewegt sich in langsamen Schritten über die Bühne, zieht mit einer Mischung aus Schlendern und Tanzen die Blicke auf sich. Singt von Verlassenheit und Sehnsucht. Wann, denkt Bert, hat er sich das ausgedacht? Oder ist es von ihr? Er hat Hanna noch immer nicht entdeckt und auf eigenartige Weise fühlt er sich schlecht. Da singt sich ein Schwuler, von dem er nicht weiß, wie sehr er ihm Freund ist, Liebeserklärungen von der Seele und er sucht im Publikum vergeblich nach seiner Ex.
Yves nähert sich inzwischen dem Bühnenrand, sucht mit den Blicken die erste Reihe ab und bleibt an seinem Platz hängen. Bert will am liebsten im Boden versinken. Alle Augen des Saales spürt er auf sich gerichtet, sein Herz klopft laut, sein Lächeln verkrampft sich und er weiß nicht, wohin er schauen soll, wenn nicht in Yves' Augen, die ihn festnageln, ihm ein Geständnis machen, ihm eine Frage stellen, die er nicht beantworten kann. Als sich Yves mit einem Augenzwinkern von ihm wegdreht, ist er erleichtert, stolz und verwirrt. Die Fotografin macht ein Bild von ihm. Warum? Hat sie etwas gemerkt? Was denn? Will man ihm ein Verhältnis unterstellen? Er hätte niemals hierher kommen dürfen. Er will raus, sofort. Aber das Konzert ist noch nicht zu Ende. Das Publikum klatscht wie besessen, fordert eine Zugabe und nach einem kurzen Verschwinden hinter der Bühne erscheint Yves noch einmal und singt ein Lied, das offenbar alle kennen außer ihm. Mitmachen. Er kann nicht. Bert versteinert. Sein Nacken erstarrt, sein Rücken wird zu einer Betonwand. Er kennt das. Früher in der Schule war es genauso. Kurz bevor er dran war. In der Sporthalle. Auf der schmalen Holzbank, unbeweglich, die Augen auf den grauen Schwingboden geheftet. Er hörte seinen Namen, sah nicht auf, einmal mehr: Leistungsverweigerung, sechs.

Um ihn herum erheben sie sich jetzt von den Plätzen, Standing Ovations, Bert geht zwischen den fuchtelnden Armen und springenden Beinen unter. Vorsichtig bahnt er sich einen Weg zum Gang, der keiner mehr ist, weil sich niemand mehr an die Ordnung hält. Doch immerhin sieht er den Ausgang, die Tür steht schon offen und er muss es nur noch bis dahin schaffen.
Als der Moderator den Saal zum Tanz freigibt, die Ordner die Stühle wegräumen und das Publikum sich in der Halle verliert und zu den Getränkeständen strömt, lehnt Bert schon in der Nähe der Garderobe und versucht, ruhiger zu werden. Er nimmt die Krawatte ab und steckt sie in die Hosentasche, öffnet den obersten Knopf seines Hemdes, zieht die Jacke aus und hängt sie über den Arm. Ein Bier wäre nicht schlecht und eigentlich will er nicht gehen, ohne Hanna gesehen zu haben.
Die Halle leert sich, die Menschenmenge rollt auf ihn zu. Hier kann er nicht mehr lange bleiben. Langsam setzt er sich in Bewegung, dem Strom entgegen, an der Wand entlang, schiebt sich die Stufen zur Tribüne hinauf und setzt sich erschöpft auf einen inzwischen leeren Platz. Betrachtet von oben das Wabern der sich aneinander vorbeischiebenden Körper. Es ist, als wäre er in einem anderen Land. Alles ist ihm fremd: die Musik, die Kleidung, die Art, sich zu bewegen.
Bert lässt seinen Blick über die Köpfe schweifen und plötzlich sieht er Hanna, erkennt sie sofort an ihrer knallroten Bluse. Sie steht in einer kleinen Traube von Menschen. Von hier oben kann Bert die Gesichter nicht erkennen, aber er ist sicher, niemand vermisst ihn an Hannas Seite. Keinem fällt auf, dass es ihn nicht mehr gibt, weil es ihn nie wirklich gegeben hat. Er holt tief Luft, spürt einen leichten Schwindel, sein Kopf beginnt zu schmerzen. Als

die kleine Gruppe um Hanna sich in Richtung Bühne bewegt und nach einer kurzen Diskussion mit der Sicherheitskontrolle dahinter verschwindet, steht Bert auf. Es ist Zeit für ihn zu gehen.

*

Sie hat den Brief an Hanna mit Sorgfalt geschrieben. Am Computer, weil sie wusste, dass sie jeden Satz mindestens einmal würde ändern müssen. Angefangen mit der Anrede bis hin zum letzten Satz. Sie will dieser Frau, Sascha und sich eine Chance geben. Aufmachen.

Hanna, davon ist Julia überzeugt, ist in der Zwickmühle, muss fürchten, dass sie Sascha von dem Besuch in ihrem Büro erzählt. Wahrscheinlich hält sie Julias Vorschlag, einander offiziell kennenzulernen, für eine Falle, um sie bloßzustellen. Was tatsächlich eine Möglichkeit wäre, aber nicht Julias Absicht. Warum eigentlich nicht? Wieso ist sie so bemüht, den großen Streit zu verhindern?

„Weil du nicht streiten kannst. Du bist höchstens zickig. Wie anfangs mir gegenüber. Du willst die Kontrolle behalten, das ist alles“, behauptet Silke.

„Will das nicht jeder?“

„Das ist ja das Problem.“

Julia weiß, dass sie nichts davon hat, Hanna gegen Sascha auszuspielen, und im Grunde kann sie die Frau verstehen. Wenn sie ehrlich ist, findet sie die naive Vorgehensweise, in ihr Büro vorzudringen, sogar sympathisch. Ein Zeichen von Eifersucht, vielleicht die deutlichste Form, einer anderen zu zeigen, dass man sie liebt. Oder nur ein emotionaler Fehltritt, der Besitzansprüche deutlich macht? Julia wäre dazu nicht fähig, käme sich albern vor.

Bin ich wirklich nicht so eifersüchtig oder fürchte ich nur, die Beherrschung zu verlieren?

„Contenance. Ihr müsst lernen, euch zu beherrschen.“

Benimmunterricht, sechste Klasse. Gerade sitzen, nicht naschen, gemäßigten Schrittes gehen – Haltung bewahren. Pflichtprogramm einer jeden Grande Dame in spe.

Sie ist zwar keine geworden, dennoch hält sie sich daran. Eisern.
Julia beherrscht sich seit Jahren. Schaut zu, wie Sascha sich von anderen holt, was sie ihr offenbar nicht geben kann. Jetzt will sie wenigstens wissen, wer der Schatten ist, wenn er schon ihr Leben verdunkelt, Licht in die Sache bringen. *Anwendungsgesetz zum Steuerrecht, Abgabenverordnung: Die Nebenleistung teilt das Schicksal der Hauptleistung.* Im Leben sollte es sich genauso verhalten. Wieso soll sie Sascha in allen Lebenslagen aushalten, während die andere sich nur mit ihr vergnügt? Warum ist bloß sie zuständig für Saschas Alltag, ihre Probleme und Selbstzweifel? Julia will endlich auf offener Bühne in dem Stück mitspielen, in dem sie bisher nur eine stumme Nebenrolle besetzt.
Natürlich habe ich Angst, gesteht sie Silke am Telefon, die sie für verrückt erklärt.
„Was hast du von einer Dreierkiste?“
„Ich will keine Dreierkiste. Ich will klare Verhältnisse. Deutlich machen, wo ich stehe.“
„Ach, und wo genau stehst du?“
„Zu Sascha.“
Tut sie das wirklich? Und vor allem: Tut Sascha es noch? Oder sind sie mit den Jahren ein so eingespieltes Team geworden, dass sie einander nur noch als Statistinnen begreifen, die sich von selbst verorten?
Ganz ehrlich ist sie nicht. Sie verschweigt Hanna in dem Brief, dass sie ihr Spiel von Anfang an durchschaut hat.
„Warum?“, will Silke wissen.
„Ich will ein ausgewogenes Kräfteverhältnis zwischen uns.“
„Diesen Quatsch glaubst du dir wirklich?“
„Was denkst du denn, warum ich es tue?“

„Du willst einen Trumpf in der Hand behalten“, antwortet Silke. „Und weißt du was? Das ist auch gut so.“
Möglich, dass es stimmt. Möglich, dass sie eine zu hohe Meinung von sich selbst hat. Sicher ist nur, dass sie handeln muss, um der Lähmung zu entgehen. Der Brief ist ein Angebot. Hanna kann es annehmen oder nicht. An Julias Haltung wird sie nichts ändern.

*

„Julia hat mir geschrieben. Allein die Tatsache, dass sie weiß, wo ich wohne, macht mich rasend. Hast du ihr meine Adresse gegeben? Oder hat sie meine Anschrift tatsächlich aus deinem Adressbuch? Sie duzt mich, weil wir angeblich dieselbe Frau lieben. Dich. Was weiß sie denn von meiner Liebe zu dir?
Sie behauptet, sie wollte mir meinen Schirm zurückgeben, hätte meine Telefonnummer auf dem Display zurückverfolgt und auf meinem Anrufbeantworter meinen richtigen Namen gehört. Vielleicht stimmt das ja. Vielleicht hat sie mir gar nicht hinterherspionieren wollen, so wie ich es getan habe. Wollte mich wirklich einfach kennenlernen. Natürlich nur bis zu dem Moment, als sie begriff, dass wir uns bereits kennengelernt hatten. Sie sagt, sie mag es nicht, an der Nase herumgeführt zu werden. Wie hält sie es dann mit dir aus? Oder wusste Julia etwa vom ersten Tag an, wo du dich mittwochs herumtreibst? Bin ich es, die hier betrogen wird?
Weißt du, das Schlimme ist, dass ich mir eure Beziehung genauso vorgestellt habe, wie Julia sie in ihrem Brief beschreibt. Offen, stabil und durch nichts zu erschüttern. Bewundernswert modern, basierend auf einem Freiheitsbegriff, der meine Eifersucht auf eine lächerlich altmodische, hysterische Begleiterscheinung reduziert. Gegen Julias große Worte wirke ich so naiv wie ein kleines Kind, das die Grundregeln einer reifen Partnerschaft noch nicht verstanden hat. Pass auf, ich lese es dir vor:
‚Ich hege keine Gefühle gegen dich und ich mache Sascha keine Vorwürfe. Wir haben die Übereinkunft, immer zu tun, was wir jeweils wollen. Du machst Sascha glücklich, das ist nicht zu übersehen. Deshalb will ich wissen, wer du

bist. Nicht, um mich mit dir zu messen, schon gar nicht, um Sascha vor eine Entscheidung zu stellen. Das sind Kategorien, in denen ich nicht denke.‘

Toll, nicht wahr? Du solltest einfach bei deiner wundervollen Frau bleiben. Ich verstehe überhaupt nicht, weshalb du ein so großartiges Verhältnis aufs Spiel setzt. Oder tust du das gar nicht? Tangiert all das, was wir miteinander haben, euch kein bisschen? Wenn Sex tatsächlich alles ist, was dich an mir interessiert, dann möchte ich das wissen. Es wäre in Ordnung, ich kann damit leben. Es ist nicht das, was ich von dir will, aber ich würde gerne erfahren, woran ich bin.

Ja, ich bin wütend. Der Brief provoziert mich. Ich will Julia nicht in meinem Leben haben. Nicht als Vorstellung, nicht als Bedrohung, nicht auf Papier. Warum soll ich mich mit eurer Beziehung auseinandersetzen? Was geht es deine Frau an, ob ich dich glücklich mache oder nicht? Oder fühlt sie sich so verantwortlich für dich, dass sie sichergehen will, dass deine Geliebte auch alles richtig macht?

Sascha, ich liebe dich.

Ich wünsche mir nichts mehr, als meine Eifersucht in den Griff zu bekommen, aber ich weiß nicht wie. Ich bin verunsichert, komme mir selbst vollkommen maßlos vor. Glaub mir, ich will dir so gerne vertrauen, aber ich habe das Gefühl, dir ist das gar nicht wichtig. Als ob es unbedeutend wäre, was aus uns würde. Ist es das? Willst du uns nur für den Moment? Ich weiß nicht, ob ich das kann. Für mich bist du keine unbedeutende Affäre, keine Liebelei. Mein ganzes Denken und Fühlen hat sich verändert, seit ich dir begegnet bin. Lang vergessene Wünsche haben sich in mir breitgemacht, noch bevor mein Kopf es verhindern konnte. Träume schieben sich beharrlich in meine

Gedanken, obwohl meine Vernunft mir signalisiert, dass ich mich auf gefährliches Terrain begebe.
Weißt du, ich habe mich durch dich an eine verschüttete Sehnsucht erinnert. An Romantik. Kerzenschein. Gemeinsamkeit. Das ganze kitschige Programm. Ich kann mir ununterbrochen sagen, dass es den siebten Himmel nicht gibt, dass ich die rosa Brille absetzen und auf den Boden der Tatsachen zurückkommen muss, aber es nützt nichts. Auch, dass ich mich schützen sollte vor der großen Verletzung und einer Wunde, die sich in unserem Alter nicht mehr so leicht schließt wie mit zwanzig oder dreißig. Doch statt auf mich aufzupassen, reiße ich mein Herz sperrangelweit auf und träume davon, mit dir vor dem Traualtar zu stehen.
Hättest du mir das nicht zugetraut? So viel Spießigkeit, die in dem verzweifelten Versuch steckt anzukommen, wo kein Ankommen vorgesehen ist. Nein, ich glaube an kein Schicksal. Nicht an Gott, nicht an die Ewigkeit. Bisher bin ich auch immer gut damit klargekommen, dass nichts Bestand hat. Alles hat eines Tages, über kurz oder lang, ein Ende und ist nicht steuerbar. Auch wir werden sterben: Ich, du, unsere Liebe. Aber bis dahin will ich alles von uns. Ist das so schwer zu verstehen?“

*

„He, wo willst du hin? Ich suche dich schon die ganze Zeit!“

Yves hält ihn am Arm fest und bleibt vor ihm stehen.

„Musste mal frische Luft schnappen“, lügt Bert. „Ist so stickig da drinnen.“

„Lauf bloß nicht weg!“, lacht Yves, legt ihm den Arm um die Schultern und zieht ihn mit sich in die Menge. Überall grüßen und nicken ihnen junge Männer zu, einige davon berühren Yves flüchtig oder zeigen auf ihn.

„Möchtest du was trinken? Hinter der Bühne gibt's Champagner! Komm mit!“

Bert wehrt sich nicht, lässt sich führen. Fühlt sich wie eine Marionette. Seine Beine zittern, er hat weiche Knie und sein Magen rumort. Wenn er umkippt, wird er sich zusammenrollen und hoffen, dass man über ihn hinwegtrampelt. Ihn einfach in den Boden stampft.

Nach einer kleinen Ewigkeit im Gerangel zwischen verschwitzten Körpern machen ihnen zwei Sicherheitsleute Platz, öffnen eine Tür und sie betreten einen kleineren Raum, dunkel und verraucht, eine Art Lounge, in der man dicht gedrängt in kleinen roten Sesseln sitzt. Yves bugsiert ihn an mehreren Grüppchen vorbei und bleibt schließlich vor einem Sofa stehen, aus dem sich sofort und unaufgefordert zwei leicht bekleidete Muskelpakete erheben, um ihnen Platz zu machen. Bert ist froh, endlich zu sitzen, kalter Schweiß läuft ihm den Rücken hinunter und er braucht Wasser. Stattdessen reicht Yves ihm ein Glas Champagner und will mit ihm anstoßen. Er nimmt seine ganze Kraft zusammen, um das Glas an die Lippen zu führen, als er ihre Stimme hört:

„Das glaube ich nicht! Bert! Was machst du denn hier?“, ruft Hanna, die sich neben ihn auf die Sofalehne setzt.
Alle seine einstudierten Sätze sind wie weggeblasen. Es fällt ihm nichts ein, das er ihr sagen könnte. Außer der Wahrheit.
„Ich weiß es nicht“, flüstert er.
„Du bist ja ganz weiß“, sagt Hanna. „Ist dir nicht gut?“
Bert schüttelt schwach mit dem Kopf und im selben Augenblick beginnt die Welt, sich zu drehen. Eine angenehme Wärme durchzieht seinen Körper, er lehnt sich an Yves' Schulter, spürt Hannas Lippen dicht an seinem Gesicht, schließt die Augen und lässt sich erleichtert in eine dunkle Tiefe fallen.
Er hört nicht, wie Yves aufgeregt nach einem Arzt ruft, er spürt nicht, wie ihm Hanna die Hand auf die Stirn legt.
Er erwacht vor Kälte. Jemand hat ihn der Länge nach auf das Sofa gelegt, fühlt seinen Puls.
„Ich bin Ärztin, können Sie mich hören?“
Bert nickt.
„Wie fühlen Sie sich?“
„Es geht schon. Ich habe das öfter“, schwindelt er, „der Kreislauf.“
„Du hast mir vielleicht einen Schreck eingejagt!“ Yves kniet sich neben ihn und sieht ihn mit großen Augen an.
„Tut mir leid, ich wollte dir nicht die Show stehlen.“
Bert schaut sich um. Von draußen dringt laute Musik herein, jedes Mal, wenn sich die Tür öffnet und sich einer mehr in den überfüllten Raum drängt oder auf der anderen Seite im Getümmel verliert.
Die Ärztin fragt ihn, ob er sich besser fühlt, er beteuert, dass alles wieder in Ordnung sei, und bittet um Wasser. Setzt sich auf.
Hanna reicht ihm ein Glas und legt den Arm um ihn.

„Hier, trink das.“
„Danke.“
„Ihr beide kennt euch also?“, fragt sie.
Bert und Yves schauen sich an und nicken.
„Und du? Bist du alleine hier?“, fragt Bert zögerlich.
„Nein“, lächelt Hanna vielsagend, steht auf und winkt einer Silhouette, die an der Wand lehnt. Bert nimmt im ersten Moment nur lange Beine wahr, die in eleganten Hosen stecken, in spitzen Schuhen enden und auf ihn zukommen. Als sie kurz vor dem Sofa stehen bleiben, sagt Hanna: „Darf ich vorstellen? Bert, Sascha, Yves.“
Bert braucht einen Moment, um es zu verstehen.
Er schaut von Hanna zu Yves zu Sascha und weiß nicht, ob ihm zum Lachen oder zum Weinen ist. Am liebsten würde er sich einfach in Luft auflösen, statt mechanisch aufzustehen, sich an Hanna festzuhalten, die Hand auszustrecken und ein drittes Mal an diesem Abend zu lügen: „Freut mich, hallo.“

*

Weihnachten mit der Familie! Manchmal würde Julia ihrer Mutter am liebsten die Meinung sagen. Sie sprechen inzwischen fast täglich miteinander. Ihre Mutter, Silke und sie. Ihre Mutter verwechselt ihre Töchter immer öfter, bemerkt keinen Unterschied mehr. Auch wenn sie Julia nur noch selten für eine Teufelsgeburt hält. Womit Julia allerdings besser umgehen kann als mit den klaren Momenten der immer ängstlicher werdenden alten Frau.
„Eine Familie gehört an Weihnachten zusammen", erklärt sie stur.
„Meine Familie ist Sascha und wir leben in Berlin", entgegnet Julia scharf.
„Papperlapapp. Dann bringst du sie eben mit. Das tun doch andere auch. Glaub nur nicht, dass du dich herausreden kannst, weil du lesbisch bist. Das ist mir vollkommen egal. Glaubst du, ich hätte nie etwas mit einer Frau gehabt?"
Julia will sich ihre Mutter lieber nicht mit einer Frau vorstellen. Der Gedanke, dass sie ihre minderjährige Tochter wegen eines Mannes verlassen hat, reicht ihr.
„Darum geht es überhaupt nicht."
„Es geht darum, dass es mein letztes Weihnachten sein könnte. Und da will ich meine Töchter um mich haben."
„Ach, plötzlich?" Jetzt ist es ihr doch herausgerutscht.
„Was willst du damit sagen? Habe ich mich nicht oft genug dafür entschuldigt, was soll ich denn noch machen? Willst du mich ein Leben lang für eine Jugendsünde bestrafen?"
Mich hast du mit dieser Jugendsünde im Alter von sechsunddreißig für den Rest meines Lebens bestraft, denkt Julia und schweigt.

Auch ihre Mutter sagt nichts mehr. Sekunden verrinnen und Julia kann durch den Hörer fühlen, dass sie ihre Mutter schon wieder verloren hat.
„Mama?“
„Mein Kind …“, flüstert sie.
„Alles in Ordnung?“
„Ich weiß nicht, ich glaube schon. Warum hast du mich eigentlich angerufen?“
„Ich habe nicht angerufen. Du hast mich angerufen. Wegen Weihnachten. Du wolltest, dass ich mit Sascha nach Köln komme.“
„Weihnachten? Ist schon wieder Weihnachten? Und wieso willst du nicht kommen?“
Julia seufzt. „Ich glaube, wir telefonieren später noch einmal, Mama, in Ordnung?“
„Wenn du meinst.“ Ihre Stimme ist dünn, Julia sieht sie vor sich, wie sie gleich den Hörer auflegen wird, ohne zu wissen, mit wem oder ob sie überhaupt telefoniert hat. Sie wird sich in die Küche setzen, die Tür hinter sich schließen, weil sie die bösen Geister fernhalten muss, und mit ein wenig Glück in ein, zwei Stunden wieder die Oberhand über das Chaos in ihrem Kopf gewinnen. Die Gedanken zähmen, ordnen und verstehen. Bis dahin kann man nur beten, dass sie nicht versehentlich das Gas aufdreht oder barfuß in einen kalten Dezembertag hinausspaziert. Sie müssen eine Lösung finden. Einen Heimplatz. Bald.
Kaum hat sie die Verbindung zu ihrer Mutter unterbrochen, wählt sie Silkes Nummer. Wenn Julia Glück hat, ist sie schon zu Hause.
„Stöhr?“
„Rückert.“
„So früh heute?“
„Mutter will, dass ich Weihnachten mit euch verbringe.“

„Wer sagt, dass ich Weihnachten mit Mutter verbringe?“ Es ist, als ob sich eine eiserne Faust in Julias Magengrube rammt.

„Mutter hat es gesagt.“

„Da weiß Mutter mehr als ich.“

„Was machst du denn an Weihnachten?“ Julia war selbstverständlich davon ausgegangen, dass Silke sich an Heiligabend um ihre Mutter kümmern würde. Sie hat nichts von einem Freund gesagt, im Gegenteil, sie hob des Öfteren die Vorzüge ihres Singlelebens hervor. Und Julia hatte nicht weiter nachgefragt. Silke ist die Fragenstellerin, Julia diejenige, die von sich erzählt.

„Nichts.“

„Wie, nichts?“

„Herrgottnochmal: nichts. Gar nichts. Ist das so schwer zu verstehen? Jedenfalls nicht mit meiner Mutter Händchen halten, die sowieso nicht kapiert, dass es der Geburtstag des Jesuleins ist, an das sie im Übrigen früher nie geglaubt hat.“ Silke atmet hörbar laut. „Du hast gedacht, ich mach den Job schon, oder? Jetzt, wo wir uns so gut verstehen.“

„Spinnst du?“

„Warum hast du mich dann nicht früher gefragt? Dir ist doch scheißegal, wie es mir damit geht. Für dich ist doch klar, dass du bei deiner Freundin bleibst. Damit die bloß nicht auf die Idee kommt, mit ihrer neuen Flamme durchzubrennen. Du denkst doch, verflucht noch mal, immer nur an dich und …“

„Hör auf.“ Julias Stimme klingt schneidend scharf. „Ich habe gerade eben schon einmal ein Telefongespräch mit den Worten beendet: Ich glaube, es ist besser, wir telefonieren später noch einmal. Weil ich dachte, dass die Person, mit der ich rede, von Sinnen war. Jetzt geht es mir ähnlich.“

„Oh! Frau Doktor hat gesprochen, ja? Aber du hast recht. Du solltest dir ein paar Gedanken machen, bevor du dich mit mir über Weihnachten unterhalten willst, und dich fragen, weshalb du es nicht früher getan hast", erwidert Silke und legt auf.

Julia bleibt mit dem Besetztzeichen am Ohr zurück. Sie legt den Hörer langsam auf und denkt, dass sie dringend ein schnurloses Telefon bestellen muss. In letzter Zeit hat sie bei manchen Gesprächen das dringende Bedürfnis, aufzustehen und herumzulaufen.

Sie stellt sich ans Fenster, schaut in die Büros gegenüber. Überall in den Fenstern blinken bunte Lichter. In zehn Tagen ist Weihnachten. Hanna hat auf ihren Brief noch nicht reagiert, Sascha verhält sich, als wäre alles in bester Ordnung, und ihre Mutter ist wie immer: Konstant unberechenbar. Nur Silke benimmt sich eigenartig. Zu Recht?

*

„Je öfter ich Julias Brief lese, umso wütender werde ich. Ich kann Gutmenschen nicht ausstehen. Leute, die immer alles richtig machen, nicht lügen, aufrecht gehen und an sich arbeiten. An protestantischem Müll festhalten, den man mir versucht hat, im Konfirmandenunterricht einzubläuen: *Bleibe so, wie du bist, dann brauchst du nie zu sagen, wer du seist. Dazu gehören Mut und Festigkeit und Ausdauer.* Julia wäre unserem Dorfpfarrer die reine Freude gewesen. Wahrscheinlich verkauft sie auch nur saubere Versicherungen, weiße Policen und grüne Fonds. Spendet alljährlich ihre Steuerrückzahlung einer Frauenorganisation und gibt ihre abgetragenen Kaschmirmäntel der Stadtmission.

Bei so viel Gutheit wird mir schlecht. Vor allem, wenn sie dazu dient, mich kleinzumachen. Das tut sie nämlich. Im Grunde hat mir deine unfehlbare Julia den Fehdehandschuh hingeworfen. Jetzt wartet sie, dass ich ihn aufhebe. Clever. Aber ich werde den Teufel tun. Gar nichts werde ich machen, werde bleiben, wo ich bin: unerreichbar, im Off. Auch wenn ich ihr am liebsten per Fax auf den Schreibtisch rotzen würde, was ich von ihr halte. Dass ich ihr kein Wort von dem toleranten Gerede abnehme, mit dem sie mich einlullen will. Bei dir funktioniert das vielleicht. Bei mir beißt sie auf Granit. Ich will dich nicht teilen, ich will dich für mich allein. Doch das werde ich ihr nicht sagen. Darauf wartet sie doch nur. Ich soll dich vor eine Entscheidung stellen, mit der sie dich nicht zu konfrontieren wagt.

Ich würde sowieso den Kürzeren ziehen, die Waagschale mit meinem Namen hat nicht allzu viel Gewicht und ist beschriftet mit dem Wort: Verhältnis. Einmal die Woche

Sex, ein paar E-Mails, Warten. Schmerzhaftes Begehren. Unverbindlichkeit. Manchmal denke ich, all das spielt sich nur in meinem Kopf ab. Du willst nichts davon hören und du stehst auf keiner Seite. Du stehst über den Dingen.
Wenn ich dir Julias Brief zeigen würde, würdest du wohl vielsagend lächeln. Bestimmt wärst du stolz auf sie. Wie sie zu ihren hehren Prinzipien steht, während ich mich immer falsch verhalte. Ich bin nicht gut genug für dich, das begreife ich allmählich. Nie würde ich dir reichen. Ich bin nichts weiter als eine mittelmäßige Gitarristin, die sich am Leben entlanghangelt, ohne den Ehrgeiz, es zu lenken. Ich lasse mich treiben. Auf diesem Weg bin ich übrigens in deine Arme gelangt. Ohne nachzudenken, ohne Kosten-Nutzen-Rechnung. Du warst für mich eine Melodie und ich wollte dich spielen lernen. Ich dachte, die Welt entstünde zwischen uns und ich müsste dich nur unerbittlich genug lieben und das Glück würde sich ergeben. Aber es ist resistent.
Ich bin so traurig, so erschöpft, aber ich kann nicht weinen. Dabei würde ich so gerne spüren, wie mir deinetwegen Tränen über die Wangen laufen. Salzwasser auf der Haut, ein kleines Mittelmeer im Gesicht, das nach dir schmeckt. Du würdest vielleicht für einen Moment vor mir stehen bleiben. Meinen Kopf in die Hände nehmen. Ich mag es, wenn du das tust. Es ist, als ob jede Last von mir abfällt und mein Körper leicht wird, weil du die Gedanken anhältst. Wenn du mich auf die Augen küsst.
Du entgleitest mir. Ich fühle dich nicht mehr. Bitte, du musst etwas tun, bald. Ich kann dich nicht länger nur stumm bitten. Aber anrufen kann ich dich auch nicht. Ich schaffe es nicht, ich habe Angst, du würdest nicht abnehmen, wenn du meine Nummer siehst. Würdest du sie überhaupt erkennen?

Ich brauche dich, Sascha. Gerade jetzt. Ich muss dich spüren, meinen Körper gegen deinen Körper pressen, untertauchen in deiner Umarmung. Lass mich nicht los. Sag meinen Namen. Bleib bei mir."

*

Bert holt die Gans aus dem Kühlschrank. Zwingt sich, nicht an Hanna und Sascha zu denken. Versucht, den kurzen warmen Händedruck aus seinem Gedächtnis zu verbannen. Ob sie den Tag gemeinsam verbringen?
Hanna wollte nie Weihnachten feiern und dann hatte er sie doch zweimal überredet. Schaffte Delikatessen in die Wohnung, füllte den Kühlschrank bis unter die Decke mit ihren Lieblingsspeisen und versuchte, sie im Bett festzuhalten. Nach einem halben Tag und einer Nacht war sie geflüchtet. Mit einer Zigarette in die Küche. Zum Duschen ins Badezimmer. Kurz Luft schnappen um den Block. Weg von ihm. Sie war nie länger als ein paar Stunden bei ihm geblieben. Diesmal kommt sie erst gar nicht.
Er gießt sich einen Cognac ein. Er wird zum Trinker, wenn er nicht aufpasst. Na und? Bert starrt über den Rand des Glases zur Balkontür hinaus, kämpft mit sich und verliert. Nimmt das Telefon und wählt ihre Nummer. Man wird ja seiner Ex noch ein schönes Weihnachtsfest wünschen dürfen! Doch statt ihrer Stimme lauscht er dem Freizeichen. Wäre sie nicht zu Hause, müsste jetzt der Anrufbeantworter anspringen. Es tutet weiter. Das heißt, sie ist da und nimmt nicht ab. Hat Besseres zu tun, als ans Telefon zu gehen. Da will er nicht stören. Er wirft den Apparat in die Ecke und gießt sich noch einen Cognac ein.
Ein Sommer, ein Winter, ein Frühling und wieder Winter. Die drohende Lawine. Still, sei doch still, will er sagen, doch seine Schreie kommen von tief unten und das Dach aus Schnee bricht über ihm ab. Die schwere Masse fällt auf ihn, reißt ihn fort und begräbt ihn unter sich. Kein Durchkommen, keine Rettung. Er muss sich das bisschen Luft, das zum Überleben bleibt, einteilen, warten, bis das

Eis schmilzt. Es wird wärmer werden. Ein schwacher Trost bei unter null.
Bert zieht sich eine Strickjacke über. Heute Abend wird Yves vor der Tür stehen. Gut gelaunt wie immer, gut gekleidet wie immer. Wahrscheinlich wird er ihn verführen wollen, nach dem Essen auf dem Sofa, und er, Bert, wird es mit sich machen lassen. Es interessiert ihn, aber er ist nicht wirklich versessen darauf. Vielleicht ist es die einzige Gelegenheit, die er in seinem geregelten, langweiligen Leben hat, mit einem Mann zu schlafen. Mit einem netten noch dazu. Safer Sex versteht sich nach dem Gespräch am Strand von selbst. Angst hat er nicht. Eine andere Frau als Hanna kann er sich sowieso nicht vorstellen, es wäre also nicht der schlechteste Ausklang eines Heiligabends ohne sie.
Doch wie wäre es, wenn Hanna plötzlich zu Besuch käme? Wünscht er sich das? Er würde sie hereinbitten, ihr etwas Heißes zu trinken anbieten, vielleicht auf die Decke auf dem Sofa zeigen. Sie friert so leicht.
Er würde so tun, als wäre es das Normalste von der Welt, dass sie ihn gerade heute unangemeldet besucht, verdrängen, was sie eigentlich so sicher macht, dass er zu Hause ist: weil er sonst niemanden hat. Umso stolzer wäre er, Yves zum Abendessen zu erwarten und trotzdem die Gans mit Hanna zu teilen. Sie würde müde lächeln, die Augen schließen und es sich bequem machen. Wissen, dass sie angekommen wäre und bleiben könnte, so lange sie wollte. Unter dieser Voraussetzung würde er natürlich nichts mit Yves anfangen, nicht einmal versteckt, keine heimlichen Berührungen unter dem Tisch, denn sicher würde Hanna über Nacht bleiben wollen, zurückkehren an seine Schulter.

Er hält die Gans unter den Wasserhahn, lässt den Wasserstrahl durch sie hindurchlaufen, tupft sie mit Küchenpapier ab und legt sie auf die Arbeitsplatte. Kein schöner Anblick. Er nimmt ein Handtuch aus dem Schrank, mit dem er den nackten Tierkörper bis heute Mittag bedecken will, bleibt damit an der Flasche Olivenöl hängen und reißt sie zu Boden. Jetzt muss er auch noch putzen.
Ein schwieriger Morgen, denkt er und ist nicht erstaunt, als sein Telefon um elf Uhr klingelt. Die Einzige, die ihm jetzt noch fehlt, ist seine Mutter.

*

Sie rechnet mit Post von Hanna. Doch als sie den Absender auf der Rückseite des Umschlags liest, wird ihr augenblicklich flau im Magen, sie muss sich anlehnen. Julia hat noch nicht gefrühstückt, will Brötchen holen, zur Feier des Tages. Ihre Mutter hat das Thema Weihnachten nicht noch einmal angeschnitten, als hätte man die Datei dafür einfach gelöscht. Silke geht seit Tagen nicht ans Telefon, ruft nicht zurück und nun schreibt sie ihr. Julia lehnt im Hausflur, öffnet den Brief mit zittrigen Fingern.

Liebe Julia,
wie oft habe ich diese Anrede schon verwendet, in Gedanken mit dir gesprochen – du warst so lange die große Unbekannte, der ich mich anvertraute. Jahrelang schrieb ich dir in mein Tagebuch, das sich mit einem dieser winzigen Schlüssel verschließen ließ, was ich erlebt hatte, was mich bewegte, was mir Angst machte. Aber auch meine Fragen an dich: Liebe Julia, warum kommst du uns nie besuchen? Stimmt es, dass du in Amerika lebst und einen roten Sportwagen fährst?
Ich habe immer davon geträumt, dass wir Freundinnen würden, und jetzt weiß ich nicht, wie ich damit umgehen soll. Die Begegnung mit dir hat mich völlig aus dem Konzept gebracht. Es war leichter, mit dir zu streiten, als meine Gegnerin konnte ich dich besser von mir fernhalten, hatte meine Gefühle besser unter Kontrolle. Das gelingt mir nun nicht mehr. Ich liebe es, mit dir zusammenzusein, ich genieße deine Nähe auf eine Weise, die mich verwirrt.
Vielleicht übertreibe ich und das, was ich empfinde, ist ganz verständlich, wenn man sich nach so langer Zeit der Fremdheit zu Vertrauten macht.

Ich wünschte, ich hätte all die hässlichen Dinge neulich am Telefon nicht zu dir gesagt. Sie entspringen einer vielleicht kindlichen Eifersucht, weil du Weihnachten lieber mit Sascha verbringst als mit mir. Natürlich werde ich mich dann um Mutter kümmern, darum ging es nie. Es ging von Anfang an um dich und mich.
Vielleicht hast du ja Lust, mich nach den Feiertagen zu besuchen. Es wäre schön, wenn du dann nicht im Hotel wohnen würdest, sondern bei mir.
Silke

Julia sitzt auf der untersten Stufe im Treppenhaus. Sie hält die in geschwungener Schrift mit Tinte beschriebenen Bögen in der Hand, an einigen Stellen sind die Worte schon unleserlich. Sie lässt ihren Tränen freien Lauf, nicht sicher, ob sie vor Glück oder aus Verzweiflung weint.

*

„Ich dachte, du würdest mich zumindest fragen, was ich am vierundzwanzigsten mache. Aus Interesse, aus Neugier. Aber ich hätte ahnen können, dass es mit Weihnachten nicht anders ist als mit allem anderen, was du von mir nicht wissen willst. Wie gut, dass heute kein Mittwoch ist. Sonst wäre es dir noch aufgefallen. Dass du mich unter dem Weihnachtsbaum sitzen lässt, den ich nicht habe.
Gnädigerweise schenkst du mir den sechsundzwanzigsten. Der zweite Weihnachtsfeiertag für die zweite Reihe. Second Hand Lover. Ich glaube, du weißt gar nicht, wie sehr mich das kränkt. Der zweite Weihnachtsfeiertag, das war früher der Tag, an dem der Besuch bei der ungeliebten Oma anstand, an dem ich das Pflichtküssen auf die faltige Haut hinter mich bringen musste, nachdem es zu Hause mit den neuen Geschenken so schön gewesen war.
Auch wenn du dir Mühe gegeben hast, es mir schonend beizubringen, auch wenn du schreibst, es sei nicht einfach gewesen, Päckchen für eine Traumfrau zu packen, die du am sechsundzwanzigsten überraschen möchtest – ich möchte nicht wiederholen, was du zwei Tage zuvor bereits mit einer anderen gemacht hast. Keinen Gedanken möchte ich an Geschenke verschwenden, wenn du nicht einmal zur kleinsten aller Aufmerksamkeiten in der Lage bist: Sicherzustellen, dass ich den heutigen Tag gut überstehe.
Nach der Gala habe ich dir gesagt, dass Bert der Mann ist, den ich vor Kurzem verlassen habe. Du hast mich gefragt, weshalb, und ich habe dir geantwortet, weil ich mein Bett nur mit dir teilen will. Du hast mich umarmt und gesagt: Ich auch.
Doch du tust es nicht. Oder willst du mir weismachen, ihr übernachtet nicht mehr zusammen? Oder dass ihr nicht

mehr miteinander schlaft? Macht das einen Unterschied? Glaubst du, Nähe stellt sich nur über Sex her? Ich kann es mir so gut vorstellen: Wie ihr nebeneinander liegt, euch im Arm haltet, einander eine gute Nacht wünscht, morgens am Frühstückstisch besprecht, wie der vor euch liegende Tag aussieht, und euch aus der Haustür küsst. Auf bald. Und was tust du, wenn sich ihre Hand unter dein T-Shirt schiebt? Wenn sie dich begehrt? Schüttelst du den Kopf? Erfüllst du deine unehelichen Pflichten? Täuschst du Kopfschmerzen vor? Oder belügst du dich, genauso schamlos wie du mich vielleicht belügst?

Wenn du mich wenigstens am fünfundzwanzigsten hättest sehen wollen. Ich sehe ein, dass man nach so langer Zeit Gewohnheiten nicht einfach über den Haufen wirft. Aber ich soll zwei klebrige Lebkuchentage an mir vorüberziehen und mich mit dem Abgesang abspeisen lassen. Währenddessen du deine Kindheitsträume dort auslebst, wo du daheim bist. Das ist einfach zu viel verlangt.

Bis vor ein paar Tagen war ich so naiv zu glauben, dass dir auch etwas daran liegt, wie es mir ohne dich geht. Wie ich mir umgekehrt wünsche, dass es dir ohne mich gut geht. Hätte ich dir sonst zu Weihnachten ein Regencape zum Zusammenfalten für die Aktentasche gekauft? Falls ich das nächste Mal nicht zur Stelle bin. Dabei ist mir wieder eingefallen, dass der Schirm bei Julia steht.

Weißt du es jetzt endlich? Wolltest du mich neulich abends testen? Bist du nur gekommen, weil es regnete? Damit du sagen konntest: Bring deinen Schirm mit, es regnet! Oder wolltest du mich wirklich begleiten? Warum eigentlich? Du gehst doch sicher ständig zu Galaveranstaltungen. Wolltest du wissen, wie es sich anfühlt, einmal nicht neben Julia zu stehen?

Ich weiß, ich fange an, alles zu zerstören.

Der Abend war wunderschön, die Nacht mit dir traumhaft und doch habe ich ein ungutes Gefühl. Eine dunkle Vorahnung. Irgendwann wird der Schirm sich wie von Geisterhand über mir aufspannen und mich unter sich begraben. Ich rechne täglich damit, dass du ihn mir zurückbringst. Vielleicht mit einer Karte von Julia: *Mit besten Grüßen vom Regen an die Traufe!* Wenn ich an ihrer Stelle wäre, würde ich ihn dir unter den Weihnachtsbaum legen.
Nein, natürlich würde ich so etwas nicht tun. Ich bin einfach überspannt. Erschöpft vom vielen Denken. Muss aus diesem Teufelskreis ausbrechen. Mir einen neuen Schirm besorgen."

*

Julia steht auf ihrem Balkon, blickt hinunter auf die Straße, wo sich, wenn sie keine Kontaktlinsen trägt, verschwommene Sterne überholen. Großstadtwohnen. Wenn sie zu nahe an das Geländer herangeht, überkommt sie dieses prickelnde Gefühl zwischen den Beinen, eine Welle, die sie nach unten zieht, die Sehnsucht nach dem freien Fall. Damals in Barcelona, auf der Spitze der *Sagrada Familia*, war es genauso gewesen. Zuerst hatte sie nicht hinaufklettern wollen, aber Sascha hatte sie gedrängt. Sie musste sich dazu zwingen, trieb sich entgegen ihrer Beklemmung die steinernen Stufen hinauf, um sich keine Blöße zu geben. Atemlos war sie oben angekommen und ohne Vorwarnung hatte ein Mut von ihr Besitz ergriffen, der sie über die Absperrung hinausgejagt hatte. Auf einem winzigen Vorsprung kauernd hatte sie gedacht, dass mit Sascha alles möglich sein könnte, und ein unheimliches Verlangen gespürt.

Julia sollte längst umgezogen sein, sich auf den Weg machen. Sascha wird schon warten. Doch etwas hält sie zurück. Etwas stimmt nicht.

Morgens haben sie gestritten.

„Ich hab überhaupt keine Lust auf den ganzen Rummel, ich fand Weihnachten schon immer blöd“, sagte Sascha.

Julia weiß, dass das nicht stimmt, aber es hat keinen Zweck zu widersprechen, wenn sie in dieser Stimmung ist. Außerdem sind ihr die Festtage in diesem Jahr selbst eher lästig.

„Dann lassen wir es einfach ausfallen“, erwiderte sie und Sascha sah sie an, als wäre sie verrückt geworden.

„Ausfallen? Wie stellst du dir das denn vor?“

„Sind wir schon so eingefahren, dass wir nicht mehr selbst bestimmen, ob wir Weihnachten feiern oder nicht?"
„Musst du mir immer das Wort im Mund herumdrehen?"
„Das tue ich gar nicht. Ich versuche nur, konstruktive Vorschläge zu machen."
„Quatsch, du willst nur wieder über uns reden, hab ich recht?"
Es stimmt. Sie will reden. Aber Sascha lässt nicht mit sich reden. Fürchtet die Wahrheit. Weiß, dass Julia schon zu lange hofft. Auf ein zärtliches Streifen der Schulter mit der Hand im Vorübergehen. Auf einen verwegenen Blick im Supermarkt, durch die Regale hindurch, ein Augenzwinkern ohne Gewicht: Du und Ich. Wie schrecklich war das Warten geworden, dass die Tür sich öffnet, ein Lächeln den Flur entlangspaziert. Ein Lächeln und danach ein zärtlicher Kuss. Morgen, übermorgen, nie. Nachdem der Tod uns scheidet. Davor wartet ein halbes Leben. Lauert ungeduldig in einem halb leeren Bett, sitzt hinter halb hochgeklappten Scheibenwischern, zerrt hinter halb geschlossenen Jalousien. Julias Haut ergraut von innen vor Sehnsucht nach Berührung. Die an ihrer Stelle Hanna bekommt.
Hanna. Julia versucht, nicht an sie zu denken. An die Musikerin, die Sascha den Kopf verdreht hat. Die nicht der Grund, aber einer der Auslöser für das Beben ist, das zwischen ihnen nichts mehr an seinem Platz lässt. So wie Silke, von der Sascha nichts weiß.
Es schneit. Wenn sie sich gleich auf den Weg zu Sascha machen würde, nähme sie den großen Schirm mit, den Hanna in ihrem Büro vergessen hat. Sie wird ihn behalten, er gefällt ihr. Und er erinnert sie daran, dass sie sich

schützen muss. Vor Gefühlsausbrüchen und anderen Niederschlägen.
Alles scheint ihr besser als auszuharren. Als weiterzumachen wie bisher. Etwas wird anders werden müssen, auch wenn sie noch nicht weiß, was es ist. Darüber muss sie nachdenken. Jetzt und hier.
Sie geht in die Wohnung zurück und wählt Saschas Nummer.

*

„Der süßliche Geruch von Braten, aufgeregten Kindern und Kerzen dringt durch alle Ritzen, herein in meine plätzchenfreie Zone. Normalerweise sitze ich um diese Zeit an meinem Keyboard und arbeite. Oder liege in der Badewanne. Oder lasse mich von einem Menschen verwöhnen, der behauptet, mich zu lieben, ohne mir anmerken zu lassen, wie sehr ich dieses Weihnachtstheater verabscheue. Ich spiele mit, wegen der Geschenke. Es gibt daran nichts schönzureden, es ist genauso berechnend, wie es klingt. Ich habe nicht selten Weihnachten mit einem Mann verbracht, um auszupacken, was ich unbedingt brauchte: eine Winterjacke, eine neue Kaffeemaschine, Parfum, DVDs, Allerweltsdinge, die ich mir nicht leisten kann. Unauffällig habe ich bereits Wochen vorher fallenlassen, was ich mir wünsche, und unter dem jeweiligen Weihnachtsbaum so getan, als wäre ich vollkommen überrascht.
Wie man so abgebrüht sein kann? Ganz einfach: aus Not. Im letzten Jahr war es besonders schlimm. Bert hat sich schrecklich angestrengt herauszubekommen, was ich gerne hätte. Ich bin davon ausgegangen, dass er um die fünfhundert Euro ausgeben würde. Dementsprechend ließ ich ihn meine Wünsche wissen. Und bekam, was ich wollte. Dafür hielt ich zwei Tage bei Kerzenschein, Tannenduft und Gänsebraten aus. Bedankte mich mit Anschmiegsamkeit und Sex. Und weißt du, was? Ich habe mich nicht einmal dafür geschämt. Für Bert war es der Himmel auf Erden und für mich ein materieller Gewinn ohne große Anstrengung. Wenn man einmal davon absieht, dass mir die ganze Zeit über schlecht war. Was nicht verwunderlich ist, denn ich finde Weihnachten einfach zum Kotzen. Alles daran. Die aufdringlichen Lichterketten ab November, die die

Stadt zu einem Freiwildgehege üblen Geschmacks mutieren lassen, das süßliche Gesinge aus den Lautsprechern beim Einkaufen im Supermarkt, das konspirative Zugenicke meiner Nachbarn, als vermuteten sie hinter meiner Wohnungstür eine Horde perverser Nikoläuse. Ich habe diese Tage nicht einmal gemocht, als ich noch an Gott glaubte. Oder besser gesagt an einen Revoluzzer namens Jesus Christus. Ich war schon immer davon überzeugt, dass er diese Festlichkeiten mit dem pompösen Konsumrausch ebenso zusammengetreten hätte wie die Stände der Händler im Tempel. Wenn er es denn getan hat. Sollte es ihn überhaupt gegeben haben. Dessen bin ich mir heute nicht mehr so sicher. Am Ende waren alle meine Helden entweder Fantasiegestalten oder Verbrecher. Sicher bin ich mir allerdings, dass Weihnachten kein Fest der Liebe ist, sondern der Kaufkraft. Zu der ich nicht beitragen kann, weil ich kein gültiges Zahlungsmittel besitze. Vielleicht bin ich einfach nur darüber verbittert.
Ich wüsste nicht einmal, womit ich dir wirklich eine Freude machen könnte. Deinen Geschmack kenne ich nur im Bett: Du trägst teure Unterwäsche und trinkst am liebsten Champagner. Beides Dinge, die mein Budget bei Weitem übersteigen. Mein Luxus würde dich verstören: mal bei dem Italiener gegenüber vor siebzehn Uhr eine Pizza für fünf Euro, mal ein reduziertes Badeöl aus der Drogerie. Den Rest stehle ich. CDs aus dem Studio und Schirme aus dem Ständer, mit denen ich am Straßenrand allein stehende Damen im Regen über die Straße begleite. Die sich später als schon vergeben entpuppen. Feiertage mit ihrer Lebensgefährtin verbringen, während die Geliebte so tut, als ob ihr das nichts ausmachte. Weißt du was? Es macht mir ziemlich viel aus. Es macht mir sogar so viel aus, dass ich am liebsten in eure traute Winterwelt einbrechen und

euren Weihnachtsbaum zu Kleinholz verarbeiten würde. Der aller Wahrscheinlichkeit nach in einem düngerfreien Blumentopf daherkommt, um ihn nach den Feiertagen ökologisch einwandfrei wieder einzupflanzen. Damit ihr wieder mehr Platz habt, in dem gemütlichen Wohnzimmer mit den weichen Teppichen auf dem Boden, um euch vor einem offenen Feuer am Kamin lächelnd gegenüberzusitzen, wie es Menschen tun, denen es an nichts fehlt.
Ja, ich bin neidisch. Auch auf euer Geld. Doch was mich am meisten kränkt, ist nicht das, was du mit Julia tust, sondern das, was du mit mir nicht tust. Es ist dir einfach egal, ob ich alleine hier bin oder bei der Heilsarmee sitze, ob ich wie meine Nachbarn um Mitternacht in die Christmette renne oder meinem Vater einen Besuch abstatte. Ja, ich fühle mich vernachlässigt. In einem Maß, das ich einfach nicht nachvollziehen kann, das nicht passt zu deinen geflüsterten Liebesschwüren im Morgengrauen.
Noch immer versuche ich zu verstehen, was in dir vorgeht. Frage mich, weshalb bei mir jene Höflichkeit versagt, die du an alle anderen geradezu verschwendest. Du bist das, was man zuvorkommend und nett nennt. Jeden Unbekannten behandelst du respektvoller als mich. Mir gegenüber benimmst du dich wie ein Kaspar Hauser. Als wüsstest du nicht, dass jede menschliche Beziehung auf Interesse aneinander beruht. Vielleicht ist es auch nur der deutlichste Ausdruck dafür, dass du tatsächlich nichts von mir wissen möchtest. Denn voneinander wissen heißt, sich vertraut zu machen. Und was das bedeutet, dürftest auch du in deiner Jugend gelesen haben. Oder war der kleine Prinz für dich nicht das richtige Format?
Ich habe lange genug darauf gewartet, dass du mich kennenlernen willst. Darauf vertraut, dass du mit jedem Zentimeter meiner Haut, den ich dir überlassen habe, verste-

hen würdest, dass es einen Menschen darunter gibt, der von dir erkannt werden will. Doch ich habe mich in uns beiden getäuscht: So wenig ich nur deinen Körper lieben kann, so wenig liebst du etwas anderes an mir.
Keine Angst, ich werde nichts verkomplizieren. Wenn wir uns das nächste Mal treffen, wirst du von alldem nichts spüren. Mein Rückzug ist langsam und unmerklich. Mein offenes Herz dreht sich mit jedem Schlag ein wenig weg und an anderer Stelle baut es mit jedem Atemzug die Mauer wieder auf, die du eingerissen hast.
Ich trinke jetzt ohne dich auf uns. Den Champagner, den du neulich mitgebracht hattest und den wir vergessen hatten, weil wir trunken waren vor Glück."

*

Der radikalste Schritt von allen ist zu bitten. Seelenstripping und hoffen, dass es am Ende warm genug für Nacktheit ist. Beten, dass die Tür hinter ihm nicht ins Schloss fällt und er hätte versäumt, sich etwas überzuziehen. Oliver schaut auf die Uhr. Zeit für einen Cocktail. Manche machen sich daraus einen Spaß und schlucken die Tabletten mit Wasser aus einem Cocktailglas. Er nicht. Er kann einfach nichts Lustiges daran finden.
Wenn er Thomas jetzt anruft: Tut er das aus Liebe oder weil er die Einsamkeit nicht erträgt? Ist das fair? Zu gehen wie ein Schwein und zurückgekrochen kommen wie ein verwundeter Straßenköter? Wer sagt ihm überhaupt, dass Thomas ihn sehen will? Er hat gehört, dass er sich jetzt nur noch Yves nennen lässt, auch von seinen besten Freunden. Das rührt ihn. Er glaubt zu wissen, dass er ihn damit vergessen will. Weil er ihn vermisst?
Ihm ist nach Weinen, aber er ist innerlich eingefroren. Soll er einfach aus dem Fenster springen und die Telefoniererei sein lassen? Dem Ganzen ein Ende machen, pathetisch an Heiligabend, kurz, schmerzlos und feige? Sich und allen anderen den Rest ersparen? Muss er Thomas nicht wenigstens Bescheid sagen, damit er sich keine Vorwürfe macht? Geht es überhaupt darum? Um Leben und Tod? Oder fehlt er ihm einfach? Sein Geruch, seine Haut, seine Bartstoppeln im Gesicht. Seine kindliche Freude, wenn er ihm ein Rubbellos mitbringt. Minutenglück im Taschentraumformat: Wenn wir gewinnen, kaufen wir uns ein Haus am Meer.
Warum wollen bloß immer alle ans Meer? Weshalb kann man Glück nicht da haben, wo man gerade ist? Irgendeine Tür mit irgendeinem Schlüssel öffnen und einen ganz

bestimmten Geruch im Flur wiedererkennen: Hallo, schon zu Hause?
Er braucht keinen Sandstrand, er braucht keinen Ozean, sein Herz schlägt genug Wellen. In einer niedrigen Frequenz. Abnehmend. Auf Dauer machen die Tabletten dick, setzen in der Bauchgegend unnatürlich viel Fett an. Machen impotent, heißt es.
„Misch doch Viagra drunter!"
Er hasst die Selbsthilfegruppe, aber er geht hin. Stoisch einmal die Woche. Zweimal in die Klinik. Dreimal ins Sportstudio. Sterben wird er nicht so schnell, sie haben ihn nicht umsonst in das Medikamentenprogramm aufgenommen. Aber er wird bestimmt nie mehr gesund.
Muss man so ein Leben nicht dem ersparen, den man liebt? Oliver erträgt die Vorstellung nicht, Thomas könnte ihn verfallen sehen. Ihn irgendwann wegen eines andern, der gesund ist, verlassen. Oder aus Mitleid bei ihm bleiben und heimlich in die Sauna gehen. Doch er hält es auch nicht aus, ohne ihn zu sein. Nicht an Weihnachten und überhaupt nie.
Sein Herz klopft schnell. Er wird die Nummer sein Leben lang auswendig wissen. Seine Finger zittern beim Tastendrücken. Was soll er ihm nur sagen?
„Kugler?"
„Fröhliche Weihnachten."
„Oliver! He, das ist ja eine Überraschung! Wo steckst du?"
„Zu Hause."
„Allein?"
Oliver antwortet nicht. Er bricht einfach in Tränen aus. Es sind die, die ihm seit einer Ewigkeit im Halse stecken, die, die er nicht geweint hat nach der Diagnose. Die, die er weggeschluckt hat, als er Thomas seinen Haustürschlüssel

auf den Küchentisch gelegt hat und langsamer als sonst die vier Stockwerke nach unten gegangen ist. Die, die ihm hochgekommen sind, als er ihn mit diesem Schnösel in dem dicken BMW gesehen hat. Alles, was er in den letzten Wochen weggedrückt hat, hat sich an einem geheimen Ort in seinem Inneren angesammelt und auf diesen Augenblick gewartet.

„Soll ich kommen?“, fragt Thomas leise.

Oliver kann nichts sagen. Seine Stimme bringt nur schluchzende Laute hervor, er presst den Hörer an sein Ohr und hält sich mit der Hand den Mund zu, aber es nützt nichts, der Schmerz ringt um Luft.

„Pass auf, ich nehme ein Taxi und bin in einer Viertelstunde bei dir. Du bleibst einfach, wo du bist, und wenn ich klingle, machst du mir auf, einverstanden?“

Oliver nickt und stößt zwischen zwei Schluchzern etwas wie eine Zustimmung hervor.

„Bis gleich.“

Yves weiß nicht, was er zuerst tun soll. Er sucht nach seiner Jacke, dem Haustürschlüssel, Geld, Handy. Er muss ein Taxi rufen. Nein, er wird es auf der Straße anhalten, heute ist Weihnachten, die Taxizentralen sind überlaufen. Doch zuerst muss er Bert Bescheid sagen. Jetzt gleich. Er wird ihn umbringen. Ausgerechnet heute lässt er ihn hängen. So etwas macht man nicht als Freund.

Aber er kann nicht anders. Oliver ist doch sein Mann.

*

Julia küsst Sascha vorsichtig auf den Mund und ist überrascht, dass sie nicht zurückweicht.
„Gute Fahrt", sagt Sascha zum Abschied, „pass gut auf dich auf, okay?"
„Das mach ich. Und du tust das auch, versprochen?"
„Versprochen."
„Und wenn irgendetwas ist, rufst du mich an. Auch versprochen?"
„Auch versprochen."
Nun sitzt Julia im Bordbistro des ICEs nach Köln und ist erstaunt, dass sie nicht die Einzige ist. Offenbar gibt es viele Menschen, die am vierundzwanzigsten Dezember nachmittags um sechs nicht zu Hause sind. Sie mustert die Frau am Nebentisch und den Mann, der schräg vor ihr sitzt; keiner von beiden macht einen unglücklichen Eindruck. Vielleicht ist die einzige Weise, Weihnachten ausfallen zu lassen, die, sich fortzubewegen.
Julia hatte Sascha abgesagt, doch sie wollte ihr endlich alles erzählen.
„Ich muss dir etwas sagen. Sogar ziemlich viel."
„Aber nicht am Telefon. Ich komm zu dir, einverstanden?"
Statt der Meeresfrüchtepasta aßen sie Tiefkühlpizza, statt eines kühlen Grauburgunders tranken sie Dosenbier.
„Ich kenne Hanna schon. Sie war in meinem Büro."
Sascha hörte schweigend zu und sagte schließlich: „Dann werde ich wohl mit ihr reden müssen."
„Worüber?"
„Über Vertrauen."
Julia nickte und nach einer Weile sagte sie: „Da ist noch etwas."

Zögernd begann sie, von Silke zu sprechen, zuerst von ihrem Brief und dann von ihren eigenen Gefühlen. Dass sie sich hingezogen fühlt zu der Frau, die ihre Schwester ist.

„Findest du das irgendwie pervers?"

Sascha lachte und seit Langem war es ein Lachen, das nicht gequält klang oder gewollt.

„Pervers? Du? Du bist ja süß!" Sie schob sich eine Salamischeibe in den Mund und sagte: „Du meinst inzestuös? Ist es wahrscheinlich. Aber mit dem Thema kenne ich mich, wie du weißt, bestens aus und ich bin mir sicher, dass es in dem fortgeschrittenen Alter beider Beteiligten vollkommen unschädlich ist."

„Mach dich nicht lustig!"

„Ich mache mich kein bisschen lustig. Das ist mein Ernst. Ihr seid zwei erwachsene Frauen, die zufällig dieselbe Mutter haben. Ich glaube nicht, dass ihr das zum Problem machen müsst. Und im Übrigen … "

„… ja?"

„Im Übrigen wären wir beide dann auch irgendwie pervers, oder?"

„Wieso?"

„Führen wir nicht eine Schwesternehe?"

Sie prusteten beide los.

Dann wurde Julia wieder ernst, drückte auf ihrer Bierdose herum. „Fändest du es komisch, wenn ich mich auf eine andere Frau einließe? Ich meine, wirklich einließe?"

Sie waren weit gegangen und sie wussten, dass es nie wieder ein Dahinter geben würde. Es war schwer. Und doch waren sie erleichtert.

„Komisch ist das falsche Wort. Ich müsste mich daran gewöhnen. Und ich würde wahrscheinlich um meine Pfründe kämpfen."

„Welche Pfründe?“
„Na ja, möglicherweise hätte ich ein Problem damit, wenn du mich vernachlässigen würdest.“
„So so.“
Nach der Pizza setzten sie sich vor das Sofa und hörten bei Kerzenschein ein Stück aus Bachs Weihnachtsoratorium.
„Es fahren bestimmt noch Züge nach Köln“, sagte Sascha plötzlich, „ich fahr dich zum Bahnhof, wenn du willst.“
Eine halbe Stunde später waren sie dort.
Julia bestellt einen Pfefferminztee und schaut auf ihrem Handy nach, ob sie Empfang hat. Dann schreibt sie eine SMS.
Ankomme Köln heute 23.09, holst du mich ab? Julia
Wenn Silke nicht reagiert, nimmt sie sich ein Zimmer. Sascha hat telefonisch eines für sie reserviert.
„Mit Hotels kenne ich mich ja bekanntlich aus“, grinste sie. „Das Beste, was die Stadt zu bieten hat. Falls du nicht privat unterkommst.“
Vielleicht ist Silkes Handy ausgeschaltet, vielleicht ist sie gar nicht zu Hause, liegt gerade mit einem Mann im Bett. Wahrscheinlich ist das Ganze hier sowieso ein Fehler, sie hat sich von Sascha überreden lassen. Es schien fast so, als hätte es ihr Spaß gemacht. Wollte sie nur, dass Julia die Stadt verlässt? Um ungestört mit Hanna Weihnachten zu feiern? Julia spürt, wie sich ihr Magen zusammenzieht.
Ihr Handy vibriert.
Bitte, denkt Julia, bitte.
Wüsste nicht, was ich lieber täte. Bis gleich, Silke.

*

Das Mädchen von gegenüber zittert, die verweinten Augen blicken kurz zu Bert hoch und dann wieder auf den Boden. Noch ehe er etwas sagen kann, huscht sie an ihm vorbei in seinen Flur und drückt sich mit dem Rücken an die Wand. Von unten hören sie schwere Schritte die Treppe heraufkommen und Bert schließt schnell die Tür.
Er schaut durch den Spion und sieht, wie sein Nachbar die Wohnungstür öffnet, sie hinter sich zuwirft und anfängt zu schreien. Das Mädchen hält sich die Ohren zu.
Bert zögert. Schließlich streckt er ihr die Hand hin und sie legt ihre vorsichtig in seine hinein.
„Hallo, ich bin Bert."
Sie sagt nichts.
„Du heißt Anita, nicht wahr?"
Sie nickt.
„Hast du Hunger?" Etwas Besseres fällt ihm nicht ein.
Sie nickt wieder.
„Das trifft sich gut. Ich habe nämlich viel zu viel zu essen gekocht." Er deutet mit einer einladenden Geste in den Flur, in Richtung Wohnzimmer. „Komm rein."
„Ist deine Freundin nicht da?" Misstrauisch lugt sie an ihm vorbei.
Er versteht. Sie wollte gar nicht zu ihm, sondern zu Hanna.
„Nein, sie kommt nicht." Er steckt die Hände in die Hosentaschen und senkt den Blick. „Sie ist nicht mehr meine Freundin." Dann sieht er sie an und deutet auf den Boden:
„Wir können auch im Flur essen, wenn dir das lieber ist. Auf Kissen."
Sie zuckt mit den Schultern.

„Dann hol ich das mal."
Bert geht in die Küche. Wie alt mag sie wohl sein? Zwölf? Dreizehn? Er hat keine Ahnung, wie man mit solchen Mädchen spricht. Wie sehr sie noch Kind und wie erwachsen sie schon sind. Während er darüber nachdenkt, was er tun könnte, um ihr Vertrauen zu gewinnen, bemerkt er sie im Türrahmen. Er hantiert weiter mit dem Braten und holt die verkochten Klöße aus dem Wasser.
„Magst du Gans?"
„Weiß nicht", antwortet Anita und setzt sich auf einen Stuhl an den Tisch.
„Was willst du trinken? Orangensaft? Apfelsaft?"
„Apfelsaft."
Bert richtet das Essen auf Tellern an, stellt es auf den Tisch, holt die Saftflasche aus dem Kühlschrank und setzt sich Anita gegenüber.
Sie essen schweigend. Als es an der Tür klingelt, zuckt sie zusammen und sieht ihn mit großen Augen an. Er nimmt den Zeigefinger vor den Mund und schleicht sich auf Socken in den Flur. Schaut ihrem Vater direkt ins Gesicht. Zieht sich vorsichtig wieder zurück, schüttelt mit Blick zu Anita mitwisserisch den Kopf und schließt auf dem Rückweg die Zwischentür. Setzt sich wieder an den Tisch und zwinkert ihr zu.
„Alles unter Kontrolle", flüstert er und weiß selbst nicht, woher er den Mut nimmt, so etwas zu tun. Seine Angst vor dem betrunkenen Schläger, der vor seiner eigenen Tochter nicht Halt macht, ist wie weggeblasen. Alles, was er gerade will, ist, das Mädchen zu beschützen.
Anita lächelt schwach, als wüsste sie nicht, was sie von ihm halten soll. Als witterte sie unter dem Schafspelz einen Wolf. Aber sie isst den zweiten Kloß. Dann fragt sie plötzlich:

„Wieso ist sie nicht mehr deine Freundin?“
„Sie hat mich verlassen.“
„Wegen eines andern?“
„Nein, wegen einer Frau.“ Er sagt das einfach so dahin und erschrickt, als er es aus seinem Mund hört. Wieso erzählt er das einem Kind?
„Ist sie lesbisch?“, fragt Anita kauend.
„Ich weiß nicht. Nein, ich glaube, sie ist bi, also …“
„Ich weiß schon, was bi ist“, unterbricht sie ihn grinsend. „Ich bin ja kein Kind mehr.“
„Wie alt bist du denn?“
„Fast vierzehn. Und du?“
„Fast noch vierzig.“
„So alt siehst du aber gar nicht aus.“
„Danke für das Kompliment.“
„Bitte.“
Bert steht auf, um Eis aus dem Kühlfach zu holen. Er hatte es vor ein paar Stunden, als er noch dachte, dass Yves zum Essen käme, bereits auf zwei Tellern verteilt. Die Pfirsiche lässt er einfach weg, es fehlen nur noch die Schokoladensoße und die Waffeln. Er stellt alles auf den Tisch und überlässt den Rest Anita.
„Ich glaub, ich werde auch lesbisch“, sagt sie und malt mit dem Schokoladensoßenstrahl lange Wellen auf das Eis.
„Ich glaub, ich werde schwul“, sagt er und steckt die Waffeln hinein.
„Ehrlich?“
„Ich weiß noch nicht. Vielleicht, ja. Aber man kann ja auch mal eine Weile gar nichts sein, oder?“
„Klar!“, sagt das Mädchen und leckt den Finger ab, der zuvor die Schokoladensoße vom Flaschenhals gewischt hat.

Bert sieht ihr zu, wie sie genüsslich das Eis löffelt, und es fällt ihm auf, dass er noch nie so lange mit einer Halbwüchsigen geredet hat. Auf der Straße und in Gruppen machen sie ihm Angst. Als könnten sie ihm seine Unbeholfenheit ansehen, sein Erwachsensein als Farce durchschauen.
„Hast du Lust, etwas zu spielen?"
Sie sieht ihn misstrauisch an.
„Spielen?"
Er geht zum Schrank und holt die mit großen Gummis zusammengehaltene, zerfledderte flache Kiste heraus und breitet das Spielbrett auf dem Wohnzimmertisch aus. Anita sieht sich unterdessen um und bewundert den Flachbildschirm.
„Können wir nicht fernsehen?", fragt sie.
„Fernsehen ist doch langweilig. Erst spielen wir *Scrabble* und dann können wir immer noch einen Film schauen", antwortet er und wundert sich über die Bestimmtheit in seiner Stimme.
Sie sieht ihn erleichtert an. Er wird sie also nicht so schnell wieder hinauswerfen.

*

„Ich habe meine Gitarre kaputtgemacht. Nicht aufgepasst, wohin der Korken fliegt. Er ist mit voller Wucht gegen das Holz geknallt, der Klangkörper ist eingerissen. Ich wollte das nicht. Und ich darf nicht daran denken, was die Reparatur kostet. Ich könnte mich ohrfeigen für so viel Unachtsamkeit. Wo war ich bloß mit meinen Gedanken? Natürlich bei dir. Doch nicht aus Liebe. Sondern, weil ich solche Angst habe, dich zu verlieren. Als wäre ich nichts ohne dich. Das und dein Schweigen machen uns kaputt. Ich weiß nicht, ob ich in der Lage bin, den Riss in der Gitarre zu kitten, aber ich weiß noch weniger, was ich mit dem Loch in meinem Herzen machen soll. Es klafft auseinander, denn uns hält nichts zusammen. Du wirst niemals ganz zu mir kommen. Und deshalb muss ich zurück zu mir."

Hanna legt das Aufnahmegerät auf den Tisch. Wird Sascha jemals hören, was sie ihr zu sagen hatte?
Sie zieht sich Schuhe und Jacke an, hat es eilig, die Wohnung zu verlassen. Es drängt sie ins Freie, sie muss frische Luft atmen.
Die Straße überrascht sie mit einer geschlossenen Schneeschicht. Einen Augenblick lang freut sie sich – wie gern würde sie mit Sascha hier herumtollen.
„Hör auf", sagt sie halblaut zu sich selbst, „hör endlich auf."
Die Hände tief in den Taschen vergraben, läuft sie über die Brücke, durch das wie in Watte gepackte Stadtviertel, und versucht Notenabfolgen zu denken. In ihrem Kopf muss sie sich durch dichtes Dickicht kämpfen, der Weg zu

den Tönen ist zugewachsen, überlagert von Wortruinen, gepflastert mit Namen: Bert, Julia, Sascha.
Stück für Stück räumt sie ihre Gedanken frei und spielt in die Leerstellen Töne ein. Lässt Note um Note eine Melodie entstehen, bis sie voll davon ist, bis in ihrem Kopf alles zu Klang wird.
Ihre Jacke ist durchnässt, sie hat kalte Füße, aber ihre Wangen sind rot, das Gesicht ist heiß, sie friert nicht. Große Schneeflocken tanzen vor ihren Augen, teilen sich vor ihrer Nase nach links und rechts, sie spürt den Riss, spürt ihn endlich in sich selbst. Dazwischen summt sie ein Lied. Hanna ist traurig, doch in ihr spielt Musik. Gleich ist sie wieder zu Hause.

*

Hinter Hannas Fenstern ist es dunkel.
Ist Sascha nur gekommen, um sich davon zu überzeugen? Sie hat das Auto kurz vor der Brücke geparkt, die Eingangstür im Blick. Ob Hanna schläft? Nicht zu Hause ist? Vielleicht gar nicht in der Stadt?
Sascha war nur ein einziges Mal bei ihr und am liebsten wäre sie für immer dort geblieben. Sie hatten an einem Sonntag im Bett gefrühstückt und sich den ganzen Tag geliebt. Musik gehört, geredet, gelacht, vor Lust geschrien und geweint, einander immer wieder gesucht und gefunden. Über ihren Küssen war es Abend geworden.
Sascha hatte bleiben wollen, doch nicht gewagt zu fragen. Was, wenn ihre Stimmung plötzlich gekippt wäre, wie es manchmal geschah, ohne erkennbaren Grund, von einer Sekunde auf die nächste? Wenn sie Hanna an das dunkle Loch verloren hätte, wenn sie beide darin untergegangen wären, ihre Haut, ihre Hände, ihr Lachen in Grau getaucht? Nein, Sascha musste sie beide davor bewahren. Darf niemals riskieren, dass die Schwere über ihnen zusammenschlägt, die Leichtigkeit ihrer Liebe erdrückt. Liebe? Ja, sie liebt Hanna. Ihre Stimme, ihre Aufmerksamkeit, ihre Klugheit, ihren Körper. Alles an ihr.
Die Schneeflocken bedecken die Windschutzscheibe mehr und mehr, die Häuserfassaden sind nur noch schwach zu erkennen. Das Gebläse macht ein leises brummendes Geräusch, dazu singt Maria Callas *O Mio Babbino Caro*.
Sascha schließt die Augen.
Sie hört nicht, wie die Tür geöffnet wird und Hanna einsteigt. Erst als sie ihr die kalten Hände in den Nacken legt, bemerkt sie, wer neben ihr sitzt.

„Wo warst du nur?“, fragt Hanna.
„Unten.“
„Warum nimmst du mich nie mit?“
„Es ist zu still. Du würdest verglühen.“
Kopfschütteln. Die nassen Haare fallen in ihre Stirn und Sascha sagt: „Komm, wir gehen nach Hause, du musst dir etwas Trockenes anziehen.“
Hanna nickt, nimmt ihre Hände von Saschas Nacken, die Tür fällt mit einem dumpfen Schlag ins Schloss. Auch Sascha will aussteigen, doch die Fahrertür lässt sich nicht öffnen, ist zu einer glatten Wand geworden. Vergeblich tastet sie nach einem Hebel, einer Öffnung, wirft sich mit ihrem ganzen Gewicht dagegen. Panik erfasst sie. Im Innern des Wagens ist es jetzt stockdunkel. Die Scheiben sind rabenschwarz und lassen keinen Lichtstrahl mehr hinein. Wo ist Hanna? Steht sie noch draußen? Ist sie schon fort? Lässt sie Sascha in diesem Sarg zurück? Sie muss nach ihr rufen. Ihren Namen. Doch aus Saschas Kehle kommt kein Laut, sie droht an dem tonlosen Schrei zu ersticken. Die Türen des Wagens schieben sich jetzt unaufhaltsam von beiden Seiten auf sie zu, es wird immer enger, ihre Schultern schmerzen, sie wird mit dem Gesicht gegen das Lenkrad gedrückt, schon knackt ihr Rückgrat. Warum nur muss sie sterben? Ausgerechnet jetzt? Noch einmal bäumt sie sich auf, presst ein undeutliches Gurgeln hervor, erwacht vom Klang ihrer eigenen Stimme.
Allmählich kommt Sascha zu sich, löst ihre Hände, die verkrampft das Lenkrad umfassen, lehnt sich verwirrt und erschöpft zurück. Öffnet die Tür, atmet tief ein und aus. Mit Herzklopfen betätigt sie die Scheibenwischer, die mühsam den Schnee zur Seite schieben und schließlich den Blick auf Hannas Fenster freigeben.
Sie sind erleuchtet.